Avatars

I

Rêve ou réalité cette immense *page* de sable muette, déserte, sans signature ni date ? Mauvais rêve, ou mauvaise plaisanterie ? Où sont-ils tous passés, et qu'ont-ils fait de la mer…?

Me méfier de ces rêves en trompe-l'œil où l'on croit se réveiller, où l'on se frotte les yeux à s'y méprendre, où l'on pousse même parfois la vraisemblance jusqu'à rêver qu'on n'est pas sûr de ne pas rêver et qu'on se pince pour en avoir le cœur net... En conséquence de quoi l'on met inévitablement le doigt, la main, le bras, le buste, les jambes, bientôt le corps entier dans l'engrenage fatal qui transmue le rêve en réalité... On lui donne corps, on fait corps avec lui, on s'incorpore au rêve de façon bientôt si totale et tenace qu'on ne peut plus s'en dépêtrer !

Autant qu'il m'en souvienne, c'est là en gros la thèse "iridoniste", une doctrine très en vogue à la fin du siècle dernier, réfutée par la suite et bientôt remisée au musée des curiosités métaphysiques. Si ma mémoire est bonne : *"Le réel n'est que du rêve qui a pris corps"*. Ou encore : *"Le rêve est le stade embryonnaire de la réalité"*. Conte à dormir debout ? Me méfier quand même, y regarder à deux fois…

Le second regard que je risque au dehors par l'entre-bâillement minimum d'une unique paupière ne fait, hélas, que confirmer ma fâcheuse impression première : entre ciel et sable, plus une goutte d'eau ! Sous le soleil ardent, plus aucun signe de vie. Que s'est-il donc passé ? Où sont-ils *tous* passés : Philippe, Momo, Babu, Riri, André Drapier, Virginia, et autres vacanciers ? Et la mer ? Toute la mer !

Le sable, toujours bien là : de couleur et granulation normales. De même ce slip de bain de tissu mauve délavé au contact de l'eau. De même l'azur du ciel là-haut, l'or du soleil au-dessus de ma tête ; exactement les mêmes...

-Les *mêmes*, mais par rapport à quoi ? intervient alors ma pensée. L'idée du *même* n'est peut-être qu'une idée que tu te fais, une de plus ? En bonne logique égologique, le sentiment de déjà-vu est-il moins subjectif que celui du jamais-vu ? L'air familier des choses ne peut-il être aussi trompeur que leur caractère insolite ? (Remarques qu'en temps normal je jugerais pertinentes mais qui me semblent ici tout à fait déplacées).

...Et ces doigts de pieds en éventail ? Tout bien compté, cinq à chaque pied ; n'est-il pas notoirement impossible de compter en rêve ? Quoi de plus réel que cette dizaine d'orteils ? Sur eux au moins je peux compter (et les faire jouer à volonté), tandis que sur Philippe, Momo, Babu, Riri, André Drapier, Virginia... ? Lâcheurs !

-Mais qu'a donc leur absence de si surprenant ? intervient à nouveau ma pensée. Peut-être sont-ils allés se promener le long de l'eau, côté sud ou nord ? ou se sont-ils rendus en ville pour acheter des glaces, des cigarettes, ou boire un coup à la terrasse du "Balizié" ? Ou bien encore ont-ils gagné la mer, là-bas, au loin (marée basse) dans le but d'échapper à la température caniculaire de ce début d'après-midi ?

Mais justement, la mer : pas une seule vague en vue, pas une flaque d'eau de reste ici-bas, pas même une buée dans le ciel ; absence hydrique totale, aussi inexplicable qu'injustifiée... Et inquiétante quand on est doté comme moi d'un corps humain constitué d'eau à plus de 76%, selon les physiologues.

Y regarder à trois fois …, à quatre, cinq, six ou sept, si nécessaire, autant de fois qu'il le faudra…, fermer un œil puis l'autre, puis les deux à la fois…, le faire avec méthode, comme on ouvre et referme tour à tour les multiples tiroirs d'une commode en quête d'un slip, d'un maillot de corps, d'un simple mouchoir, ou les non moins nombreux tiroirs d'un meuble de quincaillerie, à la recherche d'une vis ou d'un boulon de taille déterminée (et jamais sûr de ne pas sauter chaque fois le bon casier)... Ou encore (comparaison quand même plus adéquate ici), comme fait l'opérateur perplexe de lanterne magique, qui, quoi qu'il fasse, repasse sur l'écran la même vue, cent fois déjà vue, et sans grand intérêt visuel (le Désert de Gobi), coincée dans le passe-vue de l'appareil ; la seule vue où l'on ne voit pas la Mer ! Où est donc passée cette vue marine que j'avais sous les yeux juste avant de les refermer et m'assoupir ? Est-ce un rêve, suis-je toujours en train de rêver ?

-Ne pas t'énerver, m'enjoint ma pensée. À l'instar de l'opérateur avisé, suspends un temps ta projection, éteins ton ampoule intérieure, inverse au moins son faisceau, rentre en toi-même…

Fermer les deux yeux à la fois, retourner mon regard au dedans de ma boîte crânienne, examiner avec soin ce qui coince au niveau de mes neurones cérébraux (mémoire et/ou perception), *réfléchir* au sens le plus littéral du mot, prendre le temps de la réflexion, tout *mon* temps, toutes paupières baissées !

Réflexion faite et hypothèse farfelue qu'en temps normal j'écarterais d'un revers de pensée, mais qui trouve ici une crédibilité certaine : chaque coup d'œil que j'accorde à l'irréalité ambiante a pour effet de la "matérialiser" un peu plus, comme ferait le pinceau d'un peintre. Et multiplier les touches la rend plus consistante, rend le rêve plus réel d'instant en instant, plus dur, plus durable, et bientôt impossible à chasser d'un revers de paupière...? N'est-ce pas précisément ce que professait l'École Iridoniste au siècle dernier ?

Iridonisme : Doctrine d'origine slavo-sibérienne introduite en Occident au siècle dernier par le moine orthodoxe (?) Iridon et remise à la mode un siècle plus tard par la revue de métapsychologie grand public "Psychorama".

Psychorama : Revue psycho-spiritualiste des années soixante et soixante-dix, particulièrement en vogue auprès des petits cadres et cadres moyens (Bac + 2 à + 5), soucieux d'introduire un peu de vertige métaphysique et de religion pas trop contraignante dans leur terne vie de tous les jours... Thèse essentielle : « *Le Réel est de l'Irréel qui a pris corps* »…

-Qu'en penser ?

Rien de très académique dans tout ça. Mais à défaut d'en accréditer intellectuellement les tenants et aboutissants, il ne me coûte rien d'en observer au moins les recommandations pratiques, en l'occurrence ici me garder d'entériner du regard, au moins temporairement, une réalité jugée déplaisante ; m'appliquer concrètement à garder face à elle les deux yeux bien fermés, le temps qu'elle perde son semblant de matérialité ? en un mot "attendre que ça passe" !?

Pas très facile quand on n'a plus sommeil. Maintenir mes paupières palpitantes, frémissantes, conjointement closes en plein soleil (deux ailes de papillons promptes à répondre aux impacts photoniques et prendre leur envol) relève de l'exploit. Et le silence ambiant, comment ne pas l'entendre...? Silence total, expression d'une absence tout aussi totale, celle de la vie et de la mer, l'*impressionnant* silence s'engouffre en trombe dans mes conduits auditifs, atteint mon cortex, y prononce son verdict de mort ! Me boucher les oreilles ?

Autre absence de marque : celle de l'odeur marine, salée, iodée, hydratée ; absence naturellement encline à s'introduire par mes narines ouvertes jusque dans mes sinus et à se faire sentir bientôt dans les tréfonds de mon for intérieur - non sans dessécher au passage mes plus secrètes muqueuses...

Me pincer le nez ? Peine perdue, car c'est sur tout mon corps que s'exerce à présent l'implacable pression des impressions, par chaque orifice, chaque pore de ma peau, que s'infiltre, s'insinue au creux de ma conscience, et s'impose à mon être entier la réalité du monde extérieur : ciel, sable, soleil... Et pas une âme qui vive dans les parages ? L'immobilité totale de l'air en cet instant et son parfait mutisme excluent toute probabilité de vie, de végétation, d'élément liquide à des lieues et des siècles à la ronde… L'aveuglante évidence ne peut que me crever les yeux, même fermés !

-Eh bien, si c'est le désert...

Et de me rappeler d'anciennes lectures, Lyautey, Kessel, Saint Ex...

-J'ai dû me tromper de station ! m'entends-je dire à mi-voix…

-Je me suis trompé d'étage ! dis-je à voix plus haute, espérant susciter un écho complice dans le voisinage ?

Grand silence... Plus grand même qu'avant. L'énoncé de ma plaisanterie n'a fait qu'amplifier le mutisme ambiant, mettre en relief ma solitude.

Me tenir coi, ne plus broncher... ? Ne surtout pas rouvrir les yeux aux torrents de lumière qui s'y pressent ; ne pas *prêter* oreille à l'épais silence, respirer le moins possible… Éviter même de suer comme ça, à grosses gouttes, en diverses parties de mon épiderme, car ce qui se répand là et se perd dans le sable, ou qui se vaporise dans l'atmosphère, sous l'effet du soleil, relève de mon être le plus intime... Ne pas remuer les fesses au contact du sol, ni un seul de mes membres... Pas même le petit doigt ? À l'unisson du monde environnant, faire le mort, ne plus donner signe de vie, me retenir tout bonnement d'exister. Car s'il s'agit vraiment d'un rêve en cours de réalisation, j'ai tout intérêt, bien sûr, à faire "comme si de rien n'était", à n'*en* faire aucun cas… Ne rien *faire* qui puisse lui donner corps ; ne lui prêter aucune forme d'attention susceptible de le structurer en réel ; le laisser à l'état évanescent, se dissiper de lui-même, mauvais rêve qu'il était… En un mot, au sens littéral, et conformément aux thèses iridonistes évoquées ci-dessus, ne pas *réaliser* ! La tactique de l'autruche en somme ?

Mais comment m'empêcher de penser ? « *Le monde est trompeur* » (Descartes) ; « *Le monde est ma représentation* » (Schopenhauer) ; « *Je rêve que je suis un papillon qui rêve qu'il est moi* » (Tchouang-Tseu) ; etc...

Comment stopper dans mon cerveau l'irrépressible flux des pensées...? Bien que médiocre élève durant mon année de philo, je n'ai pu empêcher ma matière grise de s'imprégner des thèses cartésiennes concernant la réalité supposée douteuse du monde extérieur ; thèses pré-idéalistes qui, dans le contexte actuel, gagnent indéniablement en crédibilité...sans pour autant beaucoup m'aider à élucider les raisons de mon désarroi actuel et moins encore à le surmonter. Quant à l'IRIDONISME ?

« ...*Doctrine para-métaphysique sur l'altérité endémique du réel en soi. Tire son nom de la pensée de V.L. IRIDON, moine mystique orthodoxe-russe (1787-1832). Mouvement philosophique se réclamant de cette doctrine (fin du XIXème)...* ». LA THÉORIE IRIDONISTE : « *Tout être, chaque fois qu'il ouvre les yeux, s'éveille à un réel nouveau. S'il n'a pas conscience de ce renouvellement sur le moment, ou très rarement, s'il s'éveille chaque matin convaincu qu'il s'agit du réel de la veille - tout au plus modifié en fonction de données connues (ou reconnues logiques) -, c'est en vertu d'une idée préconçue ressortissant à la plus pure commodité d'esprit. L'esprit en effet, beaucoup plus vigilant et plus prompt que l'appareil sensoriel, s'empare a priori (les yeux fermés) de toute apparition nouvelle et la pare instantanément de tous les attributs du coutumier, du familier, du déjà-vu (ou de l'imprévu rationnel) de manière à ce que l'occurrence nouvelle ainsi préparée, apparaisse aux autres facultés de l'être, à leur tour éveillées, comme cette chose banale et normale, pareille à elle-même, que l'on nomme réalité et que l'on accrédite comme telle jour après jour, réveil après réveil, aussi inopinée et incommode qu'elle soit... »*

Parfois il y aurait flottement, comme dans le cas présent. Au moment du réveil, l'apparition du monde s'effecturait de façon non conforme, non pareille. Pour d'obscures raisons que les Iridonistes n'ont pas su ou voulu éclaircir, l'esprit de l'éveillé aurait dans certains cas peine à *réaliser*, son cerveau ne parvenant pas à établir un lien solide entre ce qui se présente à ses sens immédiats et quelque hypothétique idée a priori stockée dans sa pseudo mémoire. En somme, l'esprit n'accomplirait pas son travail routinier de réalisateur, ou tarderait à le faire, ou le ferait incomplètement, ou complètement de travers... Bref, mon esprit n'*accommodant* pas ou le faisant mal, c'est par contrecoup mon être tout entier qui peine à *s'accommoder* de la réalité nouvelle, nullement *parée* ni *préparée*, et se trouve face à elle littéralement *désemparé*. Sauf exception, ce désarroi devrait être de courte durée. En règle générale, l'esprit le moins performant ne tarde pas à recouvrer ses moyens, l'éveillé ses esprits, le réel sa réalité, le dysfonctionnement se trouvant ainsi rapidement *réparé*. Qu'en penser ?

Aussi rétif à l'enseignement philosophique traditionnel que j'ai pu être durant l'année scolaire, je n'en reste pas moins critique vis-à-vis de ces pseudo métaphysiques simplistes que remet à la mode, périodiquement, une certaine presse, avide de gros tirages, en réponse à un prétendu réveil philosophique et spirituel des masses - réveil qui n'est, au bout du compte qu'un symptôme d'angoisse collective à l'approche du troisième millénaire chrétien. En temps normal (?), un esprit raisonnablement *rationnel* comme le mien n'accorderait à ces doctrines naïves qu'un intérêt discret et amusé, juste de quoi satisfaire son souci éclectique de n'ignorer aucune des expressions de la pensée humaine, les plus *sauvages* comme les plus farfelues, sans toutefois jamais perdre de vue leur caractère de simples curiosités métaphysiques et y voir autre chose que des fantaisies philosofolkloriques, au charme vite éventé, pour finalement les écarter d'un revers de pensée. Mais dans l'état de grande perplexité où je me trouve…?

Dans un contexte de désarroi assez semblable, celui par exemple d'une mort imminente, ne voit-on pas parfois le moribond le plus rationaliste qui fût de son vivant envisager soudain avec sérieux la possibilité d'un *au-delà*…? Propension combien naturelle de tout être-au-monde à vouloir se perpétuer par-delà l'issue fatale, en défonçant si nécessaire la paroi jusqu'ici protectrice (et respectée) de la raison raisonnable quand celle-ci vient à présenter l'opacité plombée du néant !

L'Iridonisme, pourquoi pas ? L'âme débouchant à chaque éveil sur un réel radicalement nouveau : voilà qui éclairerait pas mal mon embarras actuel et pourrait me permettre d'*en* sortir ? Pour changer de réel, rien de plus simple alors que de me rendormir ? Et répéter l'opération autant de fois qu'il le faudra, comme il m'arrive du reste de faire en plein sommeil : changer de rêve quand celui-ci vire au cauchemar...

Mais tout n'est pas très clair dans la vision du processus de "Réalisation" que proposent les iridonistes. Or, un défaut de visibilité peut me conduire à quelque fausse manœuvre : est-ce l'âme qui, à la faveur d'un relâchement périodique ou intempestif des sens, délaisse son enveloppe corporelle et pérégrine alors aux quatre coins du Possible par-delà les contraintes de l'espace et du temps, s'incarnant de ci de là au hasard des sites corporels vacants ? s'agit-il en somme d'une métempsycose aléatoire qui, tandis que je faisais la sieste sur une plage du littoral

11

atlantique en plein XXème siècle au milieu de ceux que je me plaisais à considérer comme mes semblables et même mes camarades, m'amène à permuter d'enveloppe et de cadre de vie avec tel bédouin solitaire endormi à flanc de désert bien avant l'avènement du Coran...? ou avec tel astronaute Chinois du XXIème siècle égaré et assoupi dans les sables sans vie de la planète Mars ?... N'est-ce pas plutôt le décor ambiant lui-même qui se déplace ou se transforme *en regard* de la monade permanente et stable (que je suis), point fixe et éternel, déterminé par les quatre ordonnées de l'espace-temps absolu ? S'agit-il alors d'un moment de flottement de la dite monade durant lequel le Réel ne parvient pas à prendre forme et fixité, à prendre place et date autour d'elle (mer à jamais fluctuante affleurant au hublot de ma conscience)... ? d'un moment mouvementé où la réalité panoramique n'arrête pas de bouger, s'agiter et se renouveler (images d'un kaléidoscope infiniment recombinées à partir d'une centaine d'éléments simples)... ? ne cesse de défiler, s'écouler et se dérouler (vues successives mais décousues d'un film passant dans le faisceau lumineux d'un projecteur)... ? ne possédant alors d'autre continuité, logique et cohérence que celles que mon esprit veut bien lui conférer ? Et cet esprit *accommodant* à tous égards, ce *réalisateur* providentiel, relève-t-il de mon âme seule, ou implique-t-il à chaque changement un substrat corporel, c'est-à-dire une incarnation renouvelée ?

Je crois me souvenir qu'il existe plusieurs versions de l'Iridonisme, pas toujours compatibles entre elles. Selon l'école *classique*, par exemple, le Réel serait une hypersphère où coexisteraient en un éternel présent tous les états possibles de la réalité. L'âme individuelle s'y déplace en tous sens continuellement et de façon discrète, changeant pratiquement de réalité à chaque réveil, soit en gros tous les matins. En cas de sommeil diurne, genre sieste, le changement s'effectue de jour ; et quand l'âme s'incarne en des sujets enclins à l'assoupissement récurrent, elle peut connaître plusieurs transmigrations en une journée ! À l'inverse, lorsqu'elle *tombe* sur un insomniaque comme moi, elle s'expose à rester plusieurs jours de suite engluée dans la même réalité ponctuelle (état ressenti comme pénible et dont la seule issue de secours est l'hallucination)… Dans tous les cas de figure, les tenants de la doctrine classique (de loin les plus nombreux et les plus influents) tiennent le Réel en soi pour une totalité stable et immuable à quatre dimensions infinies (une hypersphère) où l'âme individuelle ne fait qu'errer au jour le jour, de site en site, au gré d'un si grand nombre de paramètres aléatoires qu'elle serait bien en peine de se réincarner à l'identique deux fois de suite - a fortiori à plusieurs réveils d'intervalle -, donc d'emprunter une identité durable et d'élire quelque chose ressemblant à un domicile fixe.

« *Comment une âme hantant périodiquement le monde intemporel et adimensionnel des songes, voire le néant pur et simple du sommeil profond, pourrait-elle retrouver à tout coup (à tâtons), au sein de l'infini Possible, le même site charnel et temporel ?... La probabilité mathématique d'une telle conjoncture est théoriquement plus faible que celle qui, dans la pratique quadridimensionnelle d'une biosphère comme la nôtre, permettrait à une même molécule d'eau de se poser en rosée, ou en pluie, deux fois de suite sur le même pétale de rose, donc pratiquement nulle (le calcul statistique excluant que la molé-*

cule d'eau ainsi individualisée et soumise au cycle com-
plexe de l'évaporation-condensation-précipitation usuel-
le, ou celui plus complexe encore, qui, avant vaporisa-
tion, fait intervenir un ruissellement jusqu'à la mer et une
dilution en celle-ci, puisse toucher par deux fois en une
ère le même centimètre carré de la surface terrestre)... »

L'Iridonisme *moderne* de son côté juge aussi très im-
probable et même impossible l'attachement permanent
d'une âme à un contexte réel déterminé. Cela dit, la doctrine dite "moderne" ou encore "instantanéiste" diffère de
la *classique* par les modalités pratiques qu'elle fixe à ces
renouvellements existentiels, ou *avatars*, notamment leur
fréquence. Ce n'est plus de façon quotidienne, ni même à
chaque réveil (envisager de pareils cycles impliquerait
une certaine forme cosmobiologique de Réel-en-soi),
mais bien à tout instant, à chaque battement de cœur ou
de paupière, ou - pour s'abstenir de toute référence an-
thropomorphique - à chaque pulsion d'être, que s'opère le
changement de réalité, un rythme aussi rapide excluant
bien sûr une transmigration effective de l'âme aux quatre
coins d'un réel immuable, mais impliquant tout à l'opposé
(ce qui revient positivement au même pour les *modernes*,
mais pas du tout pour les *classiques*), une transmutation
incessante de ce matériau mouvant, chaotique, protéi-
forme, au sein duquel le site existentiel de l'âme n'est jamais défini plus d'une fraction de seconde et où c'est pratiquement à chaque instant que l'être singulier, seul point
fixe dans tout cela, s'arrachant au chaos originel bulle à
bulle comme d'une vase infinie, s'invente inlassablement
un présent, un passé, un avenir, se forge de toutes pièces
une identité physique et morale, s'organise un espace et

un temps, bref se ménage une voie, une vie... un semblant de vie ? De là à concevoir qu'il n'*est*, hors de l'être, pas de réalité du tout, il n'y avait qu'un pas qu'ont hardiment franchi quelques adeptes minoritaires, mais influents, de la "pure doctrine iridoniste" :

« *Il n'existe au monde, hors de l'âme (ou conscience, ou monade), rien qui soit réel, pas plus sous forme métamorphique que stable, pas plus incohérente qu'organisée, pas plus discrète que continue... Rien au monde ne possède en soi cet attribut minimum et essentiel de toute réalité : l'identité de soi à soi, aussi fugace soit-elle, sans laquelle aucune différenciation n'est possible, ni même concevable. Et rien d'autre n'existe en fait de réalité que ce sentiment intime que j'ai d'elle (variante : ce besoin que mon* je *a de n'être pas seul), et dont j'éclabousse inlassablement le pur néant qui m'entoure ! La réalité comme chose-ci, en ce moment-ci et ici, c'est-à-dire donnée matérielle tant soit peu dure et durable, diversifiée, différenciée, raisonnablement changeante et bien organisée autour d'un sujet lui-même situé et défini de façon précise par rapport aux quatre ordonnées a priori de l'espace-temps, toute cette construction, cette belle situation que je crois m'être faite ici-bas, n'est jamais qu'une vue de mon esprit, ne reposant sur rien de concret, pas même le chaos. En d'autres termes,* il y a *au monde quelque chose, c'est l'évidence même, la moindre des choses, le moins que je puisse dire, mais absolument rien qui ressemble en soi si peu que ce soit à ce que je perçois et/ou conçois comme réalité, rien d'autre au fond que cet* il y a *pur et simple que les Chinois nomment avec réticence* Tao, *les Grecs pour leur part tantôt* En *tantôt* Logos, *Kant de façon toute personnelle* noumène, *que le com-*

15

mun des mortels, chacun dans son dialecte, désigne va-
guement comme être, *et dont tout le monde s'accorde à*
dire qu'il est à proprement parler in*dicible,* in*nommable,*
in*fini,* in*défini,* in*différent,* in*compréhensible,* in*ouï,* in*-*
cohérent, in*concevable,* im*pénétrable,* im*matériel,* in*for-*
me, etc..., bref, caractérisé en tout et pour tout par ce
préfixe in- *(ou* im-*) qui, aux dires même du langage, est*
la négation de tout. Et c'est de ce rien par excellence, ou
de ce tout, essentiel néant, *que je tire par le plus grand*
des mystères cette réalité-ci, *la* sus*citant et la* si*tuant à*
tous égards en y mettant beaucoup du mien, ce que j'ex-
prime par la sacramentelle formule : j'y suis ! »

*

-J'y suis ! J'y suis ! Je *réalise...* Cet absolu dépayse-
ment, ces immenses sables anhydres et abiotiques ; cette
absence remarquable de réalités familières en dehors du
soleil et du sable : LA PLANÈTE MARS ! Le choc de l'arrivée après six mois de sidérant voyage explique le trou de
mémoire, mon complet désarroi… Mais pas ma solitude.
Où sont passés Péco, Momo, Philippe, le commandant
Babu et autres co-cosmonautes…? Et le vaisseau spatial,
cet engin baptisé au champagne par nos soins, juste avant
le lancement, en témoignage d'une affectueuse admira-
tion : DALIDA ? Suis-je l'unique survivant d'un difficile...
atterrissage ? Et ce slip de bain mauve, est-ce une tenue
spatiale ?

-J'y suis ! Je *réalise* ! Ces immenses sables arides, anhydres...? LE SAHARA ! Pilote aux temps glorieux de
l'Aéropostale, mon avion a connu une panne de moteur,

qui m'a contraint à un atterrissage brutal en plein désert !
La commotion et l'émotion du *crash* expliquent mon trou
de mémoire, mon complet désarroi... Soulagement relatif
par rapport à la situation précédente : je suis sur Terre !
Détail qui d'ailleurs me revient : j'ai pu alerter Fort-Lamy
par radio juste avant l'accident, en conséquence de quoi
les méharistes d'un *bordj* voisin ne devraient pas tarder à
me localiser, venir à mon secours. Mais l'avion, ou du
moins sa carcasse ? Aucun débris dans mon champ de
vision, pas traces de fret, ni d'équipements... Et ce slip de
bain mauve, est-ce une tenue de pilotage ? Et comment
expliquer, dans un tel contexte, l'objet que ma main
droite exhume à présent du sable et que mon esprit identifie sans peine, tactilement, comme un râteau d'enfant ?

-J'y suis ! j'y suis !... sur mon tas de sable, au SQUARE
MUNICIPAL DE BOIS-COLOMBES !... Situation aussi vraisemblable que la précédente, elle suppose toutefois que je
suis non seulement tombé *ailleurs* (dans l'espace) et *autrefois* (dans le temps), mais aussi *retombé* en enfance,
réalisant ainsi le double exploit ontologique d'un grand
bond en avant dans le Temps par rapport à l'épisode saha-
rien ci-dessus (mais pas le martien) et d'une marche arrière d'une bonne vingtaine d'années par rapport à l'âge
adulte que je pensais avoir atteint ici-maintenant ! Mon
très jeune âge, mes facultés de *réalisation* encore mal rô-
dées, expliqueraient en tout cas parfaitement mon trou de
mémoire, mon complet désarroi. Je crois même me souvenir (?) que ma grande sœur m'a planté là, à même le
sable, en début d'après-midi, pour rejoindre des garçons
de son âge, à l'autre bout du square, près du canon de
bronze (symbole de résistance du Caporal-Chef Bourdon

17

aux troupes russo-prussiennes dans ce coin alors boisé de la périphérie parisienne, lors du siège de la capitale, à la fin du dix-neuvième siècle)… À l'heure de fermeture du square, ma grande sœur (mais quel est son prénom ?) quittera de mauvais gré ses amis canonniers pour resurgir à mon côté, me rabrouer sous un prétexte quelconque, m'essuyer à la hâte, me remettre sur pied d'autorité et me ramener à la maison, rue du dit "Caporal-Chef Bourdon" prolongée, d'une main broyant la mienne et d'un pas pressé que j'aurai du mal à suivre…

-J'y suis ! J'y suis ! réitéré-je, mais sans grand enthousiasme au fond, ni totale conviction.

Avant son adoption définitive par ma personne, cette dernière *réalisation* exige que soient examinés avec soin les éléments tangibles, susceptibles de la confirmer ou au contraire de l'infirmer : que penser, par exemple, de ce slip de bain mauve recouvrant mon bas-ventre ? Est-ce une tenue décente dans un jardin public de haute tenue comme l'a toujours été celui qui jouxte l'Hôtel de Ville de Bois-Colombes ? La barboteuse y est de règle… Et tout ce sable pour moi tout seul ! Où sont donc les bambins de mon âge, et les personnes en charge de leur sauvegarde, nourrices, grand-mères, jeunes filles au pair ou jeunes mamans...? Et que penser de ce silence ambiant assourdissant qu'aucun bruit de moteurs et de pas sur l'asphalte, qu'aucune rumeur de ville ne vient troubler ? Un tel silence n'exclut-il pas auditivement tout milieu urbain et suburbain à des lieues et des décennies à la ronde…?

Autant de points d'ancrage insuffisants pour *me* fixer de façon ferme et stable à cette intersection envisagée des quatre ordonnées de l'espace-temps. Sans compter qu'aucune grande sœur (ni frère d'ailleurs) ne figure dans l'album de famille que m'ouvre à présent ma mémoire..., et que d'après celle-ci, je n'ai vécu à Bois-Colombes qu'à partir de dix ans - un âge déjà martial où l'on fréquente plus volontiers le canon de bronze que le bac à sable.

Mais plus intrigant encore que le silence ambiant et le manque de présence humaine, ou *monde,* me semble ici, tout bien considéré, l'absence de haies, d'arbustes ou grille, ou autres éléments verticaux, qui, d'ordinaire enclosent un square municipal et servent d'horizon rapproché aux personnes qui s'y trouvent...? Au lieu de quoi s'inscrit dans l'aire visuelle de mon cortex, par-delà l'immense étendue de sable, une ligne lointaine, fuyante à perte de vue, vaguement fluctuante...

-Fluctuante ? Tu as bien dit *fluctuante* ?

Observant plus attentivement la suture continue qui, d'un bord à l'autre de l'horizon, unit les deux bandes parallèles du panorama que j'ai sous les yeux (terre-et-ciel), j'y décèle en effet quelque chose d'indubitablement *fluctuant...* Illusion visuelle imputable à l'air chaud ? ou bien présence réelle d'un élément interstitiel pris en sandwich entre ces deux réalités de base que sont le sable doré en bas et le ciel d'azur en haut ; un mince filet fluide, liquide, voire un plan d'eau bidimensionnel ?

-Et pourquoi pas dans ses trois dimensions : *la mer* ?!

Le mot s'est introduit dans mon cerveau tandis qu'entre mes cils s'insinuait tout à coup et s'étirait d'un bout à l'autre de l'horizon la triple bande élémentaire d'un bord de mer classique : or-outremer-azur...

-*ISSY-SUR-MER*, SECONDE MOITIÉ DU QUATERNAIRE !

L'ingestion de beignets graisseux au Café de la Plage explique ma somnolence en plein soleil, le mauvais réveil qui a suivi, la *réalisation* temporairement défectueuse de mon esprit… La petite pelle de plastique jaune que j'ai en main ne prouve rien quant à mon âge, mais "cadre" parfaitement avec l'idée de plage ; abandonnée par quelque enfant, elle s'est glissée entre mes doigts de façon fortuite, tandis que les tibias velus et charnus étalés dans le sable par-delà mon slip mauve, ainsi que les genoux cagneux qui les couronnent, excluent que je sois un bambin...

Paupières à présent grand ouvertes, j'ai désormais tout loisir de glisser un coup d'œil rasant entre ciel et terre, et d'y matérialiser durablement ce mince liseré encore lointain, mais mouvant, émouvant, scintillant : « LA MER ! »

-J'aime mieux ça ! est la réflexion joyeuse qui me vient à l'esprit, puis à la bouche.

(Difficile de ne pas évoquer ici le contentement de l'auditeur radio, ou spectateur télé, qui, après avoir erré quelques temps sur d'étranges longueurs d'ondes, finit par retrouver sa station ou chaîne favorite).

"ISSY-SUR-MER - L'OCÉAN VU DE LA PLAGE", carte-postale familiale, familière…

-Cette fois, *j'y suis* ! et pour de bon ! J'y suis, j'y reste ! dis-je à haute voix (à l'adresse de quiconque pourrait m'entendre).

Afin de bien stabiliser "séance tenante" une réalité sans doute encore précaire, je me mets sur mon séant, écarquille grand les yeux, balaie du regard tout l'espace devant moi, verticalement et horizontalement de manière à en effacer les dernières traces de doute... Aussi fragile que soit encore dans le lointain ce mince fil fluide, impalpable, inodore - et bien sûr inaudible d'où je suis -, pure vision ne *tenant* pour l'heure qu'au fil *ténu* de mon regard *filant* à l'horizon, je *tiens* à le *retenir* et le *matéria-*

liser de toute la force attentionnelle de mon cortex…

-Tiens donc !

Plus question donc de refermer l'œil, ni même de le cligner : l'apparition marine risquerait de se dissiper dans l'intermission oculaire aussi vite qu'elle a surgi ? Plus question en tous cas de remettre en question sa réalité foncière, intrinsèque :

« La *même* mer ? Où était-elle passée dans l'intervalle ? Une mer radicalement nouvelle jaillie de rien à la faveur d'un battement de paupière ? Étendue liquide existant en soi dans l'espace-temps universel, ou simple larme à l'œil fugitive dans la représentation subjective d'une monade singulière ? Autrement dit, vision réelle ou vue de l'esprit ? »… Plus question de prêter l'oreille (et l'entendement) à d'aussi saugrenues questions.

-J'y suis, j'y reste ! m'entends-je à nouveau proclamer haut et fort à la ronde…

Soucieux de joindre le geste à la parole, j'implante à présent mes deux coudes dans le sable tiède, statufiant ainsi solidement mon buste en position semi-assise, face à la mer, et labourant la plage de mes talons en signe d'appropriation.

"*ISSY-SUR-MER - L'OCÉAN VU DE LA PLAGE*", carte-postale on ne peut plus familière, familiale, *cadrant* de mieux en mieux avec l'idée que j'ai en tête quant à ma localisation et situation précises dans les infinitudes de l'espace-temps : mer, sable, ciel et soleil ; mes dix orteils au grand complet ; slip de bain délavé mais toujours mauve ; tout cela désormais bien établi en un point très précis du littoral atlantique, au beau milieu de l'ère quaternaire… Une présence personnelle qui, en ce lieu et à cet instant, somme toute n'a rien d'exceptionnel, ni d'insolite, ni

même de *déplacé*. Mon appartenance à la vague migra-
toire estivale en provenance de Paris la justifie pleine-
ment : en cet après-midi d'été, me voilà à la plage de
façon tout à fait banale, comme tout le monde.

-Mais justement "tout le monde"... Où sont-ils tous
passés ?

Question toujours pendante et constat persistant :

-Où sont passés ces dizaines d'êtres semblables à moi,
ces centaines de personnes en principe en vacances comme moi, à la plage *avec* moi ? ces milliers de vacanciers,
parvenus jusqu'ici en train, en voiture, à vélo, voire à pied
ou en avion charter, censés à cette heure-ci, caniculaire,
fréquenter massivement la mer, au plus près de celle-ci ?
Question quand même cruciale, et absence étonnante à
mes yeux : où sont passées ces êtres singuliers dont les
noms ou prénoms figurent en toutes lettres dans ma mémoire récente : Emmanuel, Philippe, Riri, Jean-Marc,
Péco, Virginia, Bernard, Babu, etc...? Et tous ceux qui,
de façon moins précise, y figurent à titre collectif : les
Durands, Martins, Machins, Fridolins, Angliches, Espin-
gouins, et autres Estivants, ou Vacanciers de toutes pro-
venances et nationalités ?

-Voyons voir...

L'attention visuelle extrême dont je gratifie depuis un
bon moment la ci-devant réalité marine est enfin payée
de retour ; mon regard insistant étoffe d'une seconde dimension ce qui jusqu'à présent n'était qu'une ligne lointaine, un fil sans épaisseur, quasi immatériel, à perte de
vue... Ce liseré longiligne et *fluctuant* se laisse à présent
détailler en une pluralité de filaments juxtaposés, d'égale
longueur et de couleurs alternées, bleu outremer et blanc
d'écume, chacun d'eux animé d'un ondoiement qui lui est

propre… Et perché sur l'un d'eux, tel un pou à cheval sur un poil pubien, l'objet noir circulaire que j'aperçois là-bas par intermittence me rappelle bien évidemment la grosse chambre à air de récupération baptisée au pochoir par nos soins ce matin même, DALIDA (notre idole), avant sa mise à l'eau comme canot pneumatique... Quant aux petits sujets qui se pressent en grappe autour d'*elle* et tentent de s'y hisser, retombent à l'eau, regrimpent dessus, etc..., nul doute qu'à les voir de plus près, c'est-à-dire en gagnant à mon tour la mer, je vais enfin pouvoir mettre noms, prénoms, voire surnoms, sur la tête de la plupart d'entre eux : Philippe, Momo, Mon Gros, Emmanuel, Jean-Marc, plus quelques Durand...

Déjà, d'où je me tiens, j'ai tout lieu de penser que la petite sphère blanche qui, sur fond d'azur, vole inlassablement d'une tête à l'autre comme un point sur deux 'i', me désigne tour à tour les frères Viguié, Paul et Jacques, jumeaux de naissance et adeptes infatigables du ballon rond. Également familière, quelques vagues plus loin, émergeant tout à coup de l'eau, l'éclatante toison d'or de : « Virginia ! »…

-Mais alors, cette tignasse brune à son côté, Robert *Machin* ? Un point noir dans ce semblant de *réalisation*, une ombre déplaisante au tableau ?

-Mais qu'importe désormais, en regard de cette chose essentielle qu'est devant moi la réalité marine. Soit ! Que le Réel soit !

-La *même* mer, ou une toute nouvelle…?

Ultime rebond d'une éternelle mais devenue vaine question : elle n'a plus *lieu* de se poser ici, j'en suis de plus en plus "solidement" convaincu : la ci-devant réalité marine est *belle* et bien celle, immémoriale, omniprésente, miraculeuse, dont notre planète se félicite d'être en grande partie et depuis des milliards d'années recouverte ; cette réalité *même* qui, depuis l'aube des temps, sous toutes les latitudes et sous divers noms exotiques, se produit sans relâche, se prodigue sans compter au profit du monde vivant - moi compris... *Elle* aura profité de mon repli temporaire dans les bras de Morphée pour se retirer elle-même en coulisses afin d'y souffler un peu, reprendre des forces, entraînant (drainant) provisoirement dans son retrait toute la vie de la plage, odeurs et bruits inclus (marée basse)... Et une fois reposée, au moment où je refais corporellement et mentalement surface (assumant à nouveau mes fonctions de grand *réalisateur), la* voici qui revient en scène (marée montante)...

-Ainsi soit-il !

Mais tout ceci n'est encore que du visuel, c'est-à-dire pratiquement du virtuel. Pour être vraiment réel, cela exige d'être senti, tâté, constaté, corroboré par d'autres de mes organes sensoriels, c'est-à-dire confirmé, vérifié *en tous sens* par mon être tout entier...

Dans un premier temps : me (re)mettre sur pieds, entreprise capitale ! Ce passage à l'acte a pour but, et pour effet, d'entériner l'existence d'une troisième dimension spatiale jusqu'ici simplement esquissée, la verticale. De même, la quatrième, - la dimension du temps -, restera embryonnaire aussi longtemps que mon corps ne se sera pas déployé et déplacé dans les trois précédentes... Car, plus qu'une posture physique, la (re)mise sur pieds d'un corps et sa mise en mouvement représente une attitude mentale, une véritable *disposition* d'esprit à l'égard du monde extérieur - ainsi que Kant l'a bien montré.

Mais l'aval quadridimensionnel accordé à la réalité spatiale requiert de moi un surcroît de réalisation, dont je ressens bientôt le poids dans tout mon corps, notamment sous la plante des pieds, mais surtout, tout là-haut, là où ma tête encore lourde, juchée en haut du mât central qu'est la colonne vertébrale, soutient en quelque sorte le chapiteau d'azur, et se rapproche dangereusement du disque solaire !

-Dangereusement ?

C'est l'instant à peu près médian de la journée où le soleil, campé au plus haut du ciel, darde sur tout ce qui donne signe de vie des flèches de feu d'autant moins parables qu'à défaut de faire mouche directement, elles se trouvent réfléchies de toutes parts et sous tous les angles par l'élément minéral (sable, roc, béton) chauffé à blanc. Entre ces feux croisés, le végétal périt sur pieds, tandis que tout ce qui, animal, rampe, marche, court ou sautille, tout ce qui recèle un peu d'eau vive à titre personnel et se meut tant soit peu dans l'espace et le temps, toute larve humide soucieuse de protéger sa moiteur intime (son *moi*) de la fatale dessiccation solaire, s'est traîné et se traîne encore, du fin fond des terres jusqu'au bord de la mer, impatient de se mettre au *frais* de celle-ci...

-Sauf moi !

C'est l'heure caniculaire où l'astucieux hippopotame a soin de s'immerger dans sa quasi totalité, à deux naseaux près (deux naseaux à fleur d'eau pour pouvoir respirer)...

De même en pareil cas, le chauffeur-livreur de passage sur le Front de mer n'hésite pas parfois à suspendre sa prochaine livraison pour descendre sur la plage, se défaire de sa vareuse et rejoindre la mer au pas de course...

L'on a pu voir aussi – je l'imagine - le grand Donald, accroupi des ères durant, aussi immobile qu'un totem de terre cuite enfiché dans le sable, se déplier d'un coup, s'avancer sous le soleil ardent jusqu'à la mer, y plonger sa haute stature brique, fendre la première vague et prendre le large d'un crawl plus éclaboussant qu'efficace… Vu également sans doute le studieux Jean-Marc, livre à la main, et un autre dans chaque poche de son vieux blazer marine, trop défraîchi et râpé pour paraître estival, accompagner pieds nus, jambières relevées, le groupe de ses copains-copines jusqu'à la blanche moquette de haute écume si douce aux chevilles, par laquelle on entre en mer, les regarder partir l'un après l'autre, hésiter à les suivre, poursuivre du bord avec eux un brin de conversation de plus en plus distendue (du type de celle qui s'effiloche quelques instants par la fenêtre ouverte entre les voyageurs d'un train en partance et leur accompagnateur sur le quai), puis, au moment où la mer les emporte dans un roulement puissant, se détourner d'eux, faire quelques pas désemparés sur place, entrer distraitement dans un creux d'eau plus calme et peu profond laissé là par la mer - une *baïne* dans le parler local -, s'y asseoir sans égard pour son fond de pantalon (et sans cette veste qu'il a fini par poser quelque part sur le sable sec), rouvrir son livre à n'importe quelle page, y plonger tout entier, y disparaître...

De tout cela, évidemment, je n'ai rien pu voir, absorbé que j'étais dans mon sommeil postprandial..., et me retrouve ainsi tout seul, tout bête, sur l'immense plage déserte, en tête-à-tête avec le seul soleil :

-Soleil = seul œil ?

D'un regard oblique vers le haut, je le vois tout à coup sous un *jour* nouveau : non plus l'utilitaire lampion se balançant au ciel pour le plaisir des yeux et l'agrément de l'épiderme, mais - brusque révélation qui me glace le sang - un gros œil fasciné, fascinant : l'œil d'un gallinacé guignant un ver de terre ! Autre image toute aussi terrifiante : la surexposition du jeune enfant de tout à l'heure, qui, insouciant et rêveur au milieu du square désert, découvre tout à coup à quelques pas de là un adulte dardant sur lui un regard concupiscent, et tente alors (l'enfant) de gagner la sortie sur ses jambes flageolantes !

Soleil = sale œil ? Le Soleil m'a visiblement "à l'œil" ! *Songeant* donc à lui échapper, je me hisse sur mes deux jambes (molles) et m'apprête à gagner la mer au plus vite. Prendre mes jambes à mon cou, prendre le large... Mais le soleil en fait autant, m'emboîte le pas, sans me lâcher de l'œil un seul instant...

Tête de plus en plus lourde et douloureuse, vibrante à chaque foulée, l'estomac encore lourd de friture indigeste, je profite de ce que la plage est en pente douce pour accélérer l'allure, atteindre au plus vite ces buissons d'écume blanche et fraîche là-bas, cette haie combien vive qui borde l'étendue marine ! m'y mettre à l'abri du concupiscent soleil, mais aussi et surtout y rejoindre les autres estivants, mes semblables, les Bernard, Philippe, Virginia, Péco, Momo, Dédé, Ginette et autres Babu, tous ceux de la tribu... Mais aussi et non moins essentiels, tous ces êtres de mon espèce, qui, ne faisant à proprement parler partie d'aucun groupe *effectif* sur la plage d'Issy-sur-mer, ni même acte de présence réelle dans les parages immédiats - Aristote, Amstrong, Billy and Holliday, Coltrane, Descartes, Eckhart, Marx et Engels, Métaxène d'Ipsos, Shakespeare & Co, Sartre et Camus, Sylvie et Johnny, Groucho, Harpo, Chico..., Laurel et Hardy, Agatha et Christie, Abélard et Héloïse, Racine, Boileau, Malebran-

che, Rembrandt, Watteau et Fragonard, Antoine et Cléo-
patre, Kennedy et Kroutchev (les deux K), Bonny and
Clyde, Bach, Beethoven und Brahms (les trois B), Hegel,
Husserl, Heidegger (les trois H), les quatre Barbus, les
cinq Grands, les musiciens du groupe de six (Milhaud,
Poulenc, Auric...), les sept sages de l'Europe, les rameurs
français du huit sans barreur, les neuf Muses (Mel-
pomène, Terpischore, Erato, Polymnie, Clio...), les dix
gnomes de Zürich, les onze joueurs de l'équipe mythique
de foot de France (Kopa, Fontaine, Piantoni, Penverne,
Jonquet, Da Rui...), les douze apôtres (Jacques, Jean,
Marc, Mathieu, Pierre...), les innombrables ressortissants
humains de toutes espèces et obédiences (Poulidoristes,
Impressionnistes, Iridonistes, Amérindiens, Mérovin-
giens, Précambriens…), tous ces êtres qui, de près ou de
loin, plus ou moins groupés, dispersés, relégués aux
quatre coins de l'espace et du temps, n'en sont pas moins
présents dans ma matière grise, y constituant ce cin-
quième élément de base, qui, tout virtuel qu'il puisse
sembler parfois, n'en est pas moins aussi vital à ma survie
personnelle ici-bas que l'Air, le Feu, la Terre ou l'Eau : le
Milieu socio-humain… Que j'ai hâte de m'y retremper !

Et voici parcourue une bonne moitié (1/2) de la distance me séparant de la lisière marine. Mais le Soleil en
vol plané se maintient sans grand peine à ma hauteur, car,
gros handicap dans cette épreuve, j'ai cinq, six kilos de
trop ! Glaces et beignets consommés en excès ces temps-
ci au Café de la Plage (ou ailleurs) se font ici *lourdement*
sentir…
Me voici à présent aux deux-tiers (2/3) de ma course
salutaire (estimation nécessairement grossière puisque

faite en courant) ; elle est facilitée par le passage d'un sable à l'autre, celui mou et brûlant du début, en haut de la plage, ayant cédé la place à celui ferme et lisse, frais et humide, élastique sous le pied, que la mer a remis tantôt en état sous le nom d'*estran*. Ce contact subplantaire est encourageant... Le Soleil n'en continue pas moins de me (pour)suivre comme son ombre, sans en projeter aucune de ma personne sur le sable devant moi, suis-je devenu "l'homme sans ombre"…?.

Parvenu aux trois-quarts (3/4) de mon parcours, j'aimerais bien m'arrêter un instant afin d'esquisser quelques gestes de la main, des bras, genre sémaphore et annoncer ainsi mon arrivée imminente aux personnes déjà en mer, ébaucher du même coup les mouvements natatoires que je devoir y faire bientôt, une fois franchie la frange d'écume, mais me garder pour le moment de désunir ma foulée et relâcher trop tôt mes efforts, si près du but ! Car le Soleil, toujours sur mes talons, ne me lâche pas d'un pouce, ni d'une semelle…

Aux quatre-cinquièmes (4/5), cette impression d'avoir enfin course gagnée ? Comme un navire entrant au port soustrait de la vapeur de sa chaudière au profit de sa sirène, je me risque à distraire une ou deux bouffées d'air de mes poumons pour saluer les personnes en principe enthousiastes qui m'attendent sur la ligne d'arrivée : « Hého, Philippe, Bernard, Péco...! », mais aucun d'eux n'y fait écho… C'est sans doute que le bruit des vagues mêlé aux cris nautiques des mouettes et des baigneurs couvre ma voix ? ou peut-être qu'aucun son réel n'est sorti de ma gorge sèche ?

... 4/5, 5/6, 6/7, voilà qu'à très peu de chose près (1/7ème), je touche au but ! Lors d'une compétition *courante*, l'enthousiasme grandissant du public représente pour l'athlète un indice fiable de sa toute proche victoire, et un réel soutien. Or, rien de tel ici : toujours pas de *bravos* , *ollé* , *ohé*, ou simplement *vas-y Mon Gros* ! aucune clameur ne vient me *supporter* dans la dernière ligne droite, aucun applaudissement pour m'inciter à un ultime effort, me préserver d'une possible défaillance !?... Tout au contraire, cet étrange silence ; et ce gros œil narquois juste au-dessus de moi ? Je continue quand même à galoper...

La course est maintenant courue bien au-delà des sept huitièmes (7/8) ; reste donc mathématiquement moins d'1/8ème à parcourir, autant dire rien...? Cette fâcheuse impression que j'ai cependant (mais comment en juger avec toute cette sueur qui ruisselle dans mes yeux ?) que la plupart des spectateurs assis dans les tribunes ont reporté leur attention ailleurs ; que nombre d'entre eux (mais peut-être est-ce une illusion d'optique ?) me tournent le dos, quittent leurs places, prennent carrément le Large !... Comment donc ne pas songer ici à ces peu courtois spectateurs d'un stade qui, dès lors que le résultat sportif leur semble acquis (mais avant la fin effective de l'épreuve, ou du match), délaissent bancs et gradins pour gagner au plus vite la sortie, c'est-à-dire leur voiture personnelle sur le parking voisin, ou se précipiter en masse dans la bouche de métro la plus proche !
À moins que..., un doute terrible m'étreint :
-Et si c'était la mer qui me fuyait ?

Si, non contente de ne pas venir à ma rencontre (flux montant), ni même d'attendre sur place que je la rejoigne, *elle* avait décidé de poursuivre son reflux vers des lointains que je ne pourrai jamais atteindre…? Si, entraînant avec elle tout ce qui baigne dans sa mouvance d'amphibiens et d'ex-amphibiens, l'objectif actuel de la mer était tout simplement de les soustraire à mon approche ? Autre hypothèse quand même plus vraisemblable : mère poule soucieuse de tout son petit monde, la mer entend seulement les mettre hors de portée de cet oiseau de proie là-haut, ce phénix assoiffé de sang frais, qui, après m'avoir *avalé* tout cru, s'apprête à fondre sur eux !

Plus aucun doute dans mon esprit : à mesure que j'avance, la mer reflue ! Aux neuf dixièmes (9/10) d'un marathon qui n'a que trop duré, je dois me rendre à l'évidence : malgré tous mes efforts et tout le chemin déjà parcouru, en supposant même que l'écart qui me sépare de la lisière d'écume se réduise encore un peu, je ne l'atteindrai jamais !... Évidence toute arithmétique : 6/7, 7/8, 8/9, 9/10, etc. Chaque point d'avance inscrit au numérateur est grignoté par un point équivalent au dénominateur. 10/11, 11/12, 12/13, 13/14... 99/100 ! L'écart va certes en diminuant (1/7 > 1/8 > 1/9 > 1/10 > 1/100...), mais mathématiquement, il ne saurait être totalement résorbé. L'infini s'y oppose…

Au neuf cents quatre-vingt millième d'une course-poursuite, aussi infinie qu'infernale, je décide de lever le pied et prendre le temps de réfléchir, sinon souffler. Mais c'est pour constater qu'à mon compteur au même instant le numérateur s'effondre de façon dramatique : 998...

996... 990... 980... 970/1000...! Enrayer cette chute exige de moi une réaccélération immédiate, ce que je fais. Or, non seulement le numérateur ne remonte pas (tout au plus se stabilise-t-il), mais l'autre chiffre - le dénominateur - s'envole : /1000... /2000... /3000... /5000... /9000..., creusant de plus en plus l'écart entre la mer et moi ! Suis-je en train de courir à reculons, ou ai-je ralenti l'allure ? Ou est-ce alors la mer qui pressant la sienne, s'éloigne de moi au double, triple et quadruple galop, *prend le large* à vitesse surmultipliée, voire exponentielle ? J'en suis tout à coup convaincu : jamais je ne la rattraperai...

Comment ne pas *songer* ici au dernier train pour Bois-Colombes, gare Saint-Lazare, dont, certains soirs de sortie parisienne, l'attardé banlieusard que je suis tente en vain de prendre en marche le tout dernier wagon ? La rame à traction électrique, une fois vaincue son inertie, se détache à chaque tour de roue, s'éloigne inexorablement de moi… Jusqu'à ce que, stoppé au bout du quai, à bout de souffle et d'espace viable, je finisse par admettre que j'ai raté son train : le dernier train pour Bois-Colombes… *Réalisant* enfin que ce n'est là qu'un rêve et n'a jamais cessé de l'être (un mauvais rêve aux relents de friture indigeste), je me recouche et me rendors à même le quai en attendant que ça passe…

*

II

-Qu'est-ce qui m'arrive ?

Je vois le jour…, ou plutôt je l'entends : quatre-cinq notes égrenées dans le noir ; un motif musical en zigzag, flottant, fuyant, que je ne peux localiser, ni a fortiori atteindre, attraper. Un ravissement certain pour mon oreille, mais un premier motif de frustration...

Cette déchirure à présent dans la partie haute de mon massif facial ! Un trou dans la taie opaque qui me bouchait la vue..., un *jour* par où ma lueur d'être jusqu'ici sagement cantonnée dans mon for intérieur s'engouffre en trombe et se répand sans retenue au dehors..., un espace guère plus clair, mais bien plus vaste que mon gîte initial à l'abri de mes paupières closes..., une expansion visuelle irrésistible, mais qui bute aussitôt contre un obstacle gris, lisse et plat..., une paroi verticale et latérale (un mur ?) que mon regard balaie en tous sens mais ne peut pénétrer, ni même contourner. *Réflexe* instantané de ma pensée :

-Qu'y a-t-il au-delà ?

Trois possibilités : 1) du *vide* à l'infini... 2) du *plein* à l'infini... 3) une alternance de vides et pleins... *à l'infini* !

Confinée trop longtemps dans les limbes du non-né, ma pensée n'entend pas s'en tenir à l'en-deçà actuel. S'extirpant du double carcan de sa chrysalide corporelle et du cadre de vie limité que mon regard lui propose, elle se propulse aussitôt - à une vitesse plus grande que celle de la lumière ! - jusqu'aux limites du possible et de l'imaginable, jusqu'à cet englobant de toute réalité qu'est l'Infini...

-Qu'y a-t-il au-delà ?

À peine formulé, l'infaillible Sésame enfonce, transperce, pulvérise toute barrière réelle ou virtuelle qui voudrait entraver sa libre dilatation spatiale à l'infini ! Effrayé quand même par les vertigineux *au-delà* où m'entraîne ma pensée, je m'accroche tant bien que mal aux rares lambeaux de réalité finie que mon regard vient juste de mettre au jour : murs et plafond, un cadre de vie apparemment solide et stable, un espace clos où ne figure nulle trace visible des particules sonores qui par intermittences surgissent dans mon voisinage immédiat et charment à chaque fois mon oreille...

Tâcher alors de faire un premier point ? Replier un instant mon regard en deçà de mon nez sur sa position initiale, à l'abri de mes paupières closes... Il m'importe de bien distinguer les deux espaces qui, de part et d'autre de celles-ci, se sont *faits jour* dans ma sphère de vécu immédiat : l'intérieur où, après une première sortie, me voici à nouveau tapi ; l'extérieur, où mon regard s'est engouffré, pour aussitôt venir buter contre des parois opaques, infranchissables... Mon espace intérieur semble avoir rétréci, mais reste tangible, tandis que l'extérieur, également limité mais beaucoup plus vaste, s'est pratiquement évaporé quand j'ai fermé les yeux. N'était-ce qu'une simple image mentale, un rêve évanescent ? Rouvrir les yeux *pour voir…*

Le dehors se fait *jour* à nouveau, identique à lui-même. Répéter l'expérience plusieurs fois afin de m'assurer que cette réalité externe jouit bien d'une existence pérenne et stable ? Cela semble être le cas... Mais l'idée me vient aussitôt à l'esprit - d'où vient-elle ? - qu'en bonne logique égologique mon assurance à ce sujet pourrait être fallacieuse.

-Ta projection *imaginale* peut en effet se reproduire à l'identique un nombre illimité de fois, tandis que des vues différentes sont susceptibles de refléter une seule et même réalité…

Une certitude quand même : infranchissables pour mon regard, les limites imposées à l'espace extérieur n'empêchent pas ma pensée de se projeter au-delà, d'un simple déclic mental articulé ou non..., et de s'y trouver confrontée à l'infini. Perspective certes vertigineuse, mais pas vraiment angoissante *au fond...* D'autant moins redouté cet abîme qu'il est sans doute - ainsi que le suggère ma première impression visuelle - cloisonné, fractionné, compartimenté en sous-mondes…? Des espaces finis emboîtés les uns dans les autres, plus ou moins encombrés de choses visibles et/ou audibles ? Perspective acceptable… Rebutante en revanche serait l'autre version possible du monde : une bulle de vide occluse dans une gangue de néant de plénitude illimitée, voire un épaississement sans fin de la première paroi opaque contre laquelle mon regard a buté d'entrée ? Un petit monde refermé sur lui-même, dont ma personne physique ferait le tour en un clin d'œil ; un cachot sans ouverture, ni réelle ni virtuelle sur aucun dehors ; un espace confiné où je serais condamné à tourner en rond, sinon à perpétuité, du moins jusqu'à ce que la chandelle dont je l'éclaire intérieurement (et gracieusement) ait *fait long feu*...?

-Un vrai cauchemar !

Rouvrir courageusement les yeux pour voir... Plutôt qu'esquiver la réalité ambiante, la regarder en face et m'en faire au plus vite une juste idée ; m'appliquer à relever tous indices objectifs en faveur de l'une ou l'autre version du monde (vide ou plein), tout en souhaitant évidemment que prévale la première...

Bonne ou mauvaise surprise ? Le même décor : murs et plafond ; le *même* cadre de vie...? Pas tout à fait : s'y ajoutent à présent une dizaine de lits, reposant comme le mien sur une sorte de plancher rustique. Mais peut-être étaient-ils déjà là, noyés dans l'ombre, dès le premier instant où j'ai vu le jour ? Un *même* monde subsistant par-delà mes intermittences oculaires...?

Le sentiment de moins en moins douteux qu'il s'agit bien du même espace hors et autour de moi, un espace existant *per se* et subsistant à l'identique à chaque coup d'œil posé sur lui, c'est-à-dire d'un instant à l'autre de l'écoulement temporel, s'impose de plus en plus à mon esprit, sans pourtant parvenir à convaincre ma pensée profonde :

-Le même mais par rapport à quoi ? intervient-elle. Tout aurait pu se modifier dans l'intervalle ?

La question du *même*... se pose tôt ou tard à l'esprit de quiconque s'aventure en un monde quel qu'il soit, s'y impose au même titre, mais avec moins d'urgence que celle de l'*au-delà*. Mais pour fondamentaux qu'ils soient, ces questionnements me paraissent toutefois moins vitaux que la question, soulevée plus haut, concernant la nature exacte du milieu dans lequel ma bulle d'être s'est formée et se trouve à présent occluse, ou suspendue : *plein* ou *vide*, *solide* ou *aérien* ? En quête d'une réponse claire à ce sujet, j'examine à nouveau mon cadre de vie en le balayant soigneusement du regard, de gauche à droite, de bas en haut…, même en oblique.

Dans la continuité du mur d'en face, quelques failles, ou fissures se font jour par où semble s'infiltrer *du dehors* un espace beaucoup plus lumineux que celui, pénombreux, où je baigne depuis que j'ai surgi des limbes de l'invécu… C'est peut-être par ces fentes que s'introduit périodiquement ici le séduisant motif musical, et par elles qu'il disparaît malicieusement dès que mon regard cherche à s'en emparer ?

-Que ce motif surgisse quand tu fermes les yeux et disparaisse quand tu les ouvres pourrait être pure coïncidence ?

Progrès considérable : les perles sonores me sont maintenant audibles quand j'ai les yeux ouverts, mais continuent d'être invisibles… Le zigzag élusif qu'elles décrivent dans l'espace demeure pour mon esprit un motif de grande frustration… Sa magie musicale m'a en tout cas tiré d'un sommeil immémorial, et je le considère pour cette raison comme un composant majeur de la réalité ambiante, essentiel même au maintien d'un certain vécu (le mien) au sein de celle-ci… En l'absence de ces sons perlés, un bruit de fond m'emplit l'oreille et s'impose par moment au premier plan de mon écoute : un crissement multiple, uniforme… Cela semble également provenir de l'au-delà du mur d'en face et exercer sur celui-ci une pression extérieure à la fois lumineuse et sonore. Puis-je en conclure que les parois qui me cernent de toutes parts ne sont pas d'épaisseur infinie, mais baignent dans quelque autre milieu fluide, aéré, lui-même confiné à son tour, etc…?

-C'est beaucoup mieux comme ça !

Un *cadre* de vie en bonne et due forme, et l'opportunité pour mon esprit (et plus tard mon corps) de s'en évader à sa guise, de vaquer au-delà à tout moment, si le cœur lui en dit ? C'est la vision du monde que je préfère, la seule viable, vivable, non seulement à mes yeux mais à mon être entier, la seule digne d'être vécue en ce premier *jour...* Une alternance illimitée de vides et pleins, d'enclos et d'espaces libres, de dedans et de dehors, emboîtés les uns dans les autres, probablement à l'infini...? Vide(s) ou plein(s), difficile finalement d'en finir avec l'infini !

Difficile en effet à l'être-au-monde que je suis de s'arracher de façon définitive à la fascination que l'infini exerce d'entrée sur lui par le biais de l'obsédante question *primale* « Qu'y a-t-il au-delà ? ». Et ceci doit valoir pour tout être doué de pensée lorsqu'il s'ouvre à un monde quel qu'il soit ? S'agissant de moi, la curiosité des sens devrait toutefois l'emporter rapidement sur l'intellectuelle, ou même la spirituelle, et me ramener d'autorité à la réalité des choses concrètes !

De fait, abandonnant bientôt ma cogitation interne, je laisse à nouveau filtrer le *jour* par la double fente de mes paupières mi-closes... Et c'est par les failles et fissures repérées plus haut dans la paroi qui me fait face que me parvient non seulement la lumière extérieure mais aussi, par bouffées régulières, le bruit de fond qui lui est associé, crissements et craquements… Remarquable également le fait que ce fond sonore ne m'est audible qu'en l'absence de l'épisode musical, celui-ci, quand il resurgit, restant invisible à l'œil nu. Mon ouïe cependant le localise de façon plus précise à chaque apparition et finit par en situer la source, non pas au dehors, par-delà le mur d'en face, mais ici même, dans mon voisinage immédiat.

Voyons voir : cette forme allongée dans le lit à côté du mien ? Mon œil gauche a entrevu *la chose* incidemment d'un regard oblique, et l'examine avec plus d'attention : deux jambes et deux pieds nus aux multiples orteils..., répliques exactes des prolongements physiques horizontaux de ma personne inventoriés plus tôt dans mon propre lit. Mais ces *membres*, à la différence des miens, sont nettement détachées de moi et ne m'obéissent pas. Deux, trois essais suffisent à me convaincre que ces appendices corporels pourtant si proches, ne dépendent de mon cerveau en aucune façon, ni filaire, ni sans-fil… De même, ce buste à chemisette et ces deux bras qui en jaillissent, autres copies fidèles de possessions que j'ai d'emblée considérées comme miennes, sont totalement indépendants de ma personne, aussi bien sur la plan physique que psychique.

Mais plus insolite encore : venant compléter et pour ainsi dire coiffer ces répliques partielles de moi-même, cette boule hirsute à hauteur de mes yeux ! Par-delà l'étroit gouffre séparant nos deux lits, une bouille toute ronde aux traits qui me disent quelque chose : deux yeux, un nez, une bouche me font face et se déforment en d'incessantes grimaces… À moins d'un mètre de mon massif facial, n'est-ce pas, à s'y méprendre, la réplique externe en relief de ce masque moulé à même mon âme, que je vis en creux de l'intérieur depuis le tout premier instant de ma venue au monde (et dont je me suis fait une idée plus concrète en passant la main dessus) ? Prêtant à ce *vis-à-visage* une attention suivie, je note que les contorsions buccales dont il est animé et le mystérieux sifflotement, qui égaie l'espace ambiant à intervalles plus ou moins réguliers, se déclenchent et s'arrêtent de façon parfaitement synchrone. De leur coïncidence exacte et répétée peut-on déduire qu'ils dépendent l'un de l'autre ?

C'est à présent une certitude : l'orifice qui, tour à tour, s'entrouvre et se referme à quelque distance de moi, dont les bordures avancent et se rétractent, se tordent en une gymnastique savante au bas de cette face qui me fait face, est la source de l'émission sonore qui, flottant en l'air, emplit la pièce et me ravit : unique réalité vivante, quoique impalpable, dans les parages. Dommage qu'elle soit intermittente, fugitive, capricieuse. Que ne puis-je émettre moi-même des sons d'une telle beauté ! Ne plus dépendre de l'extérieur pour susciter l'éveil de mon vécu et l'alimenter en combustible auditif serait un acquis considérable, un moyen d'assurer à mon être une autonomie idéale… ?

-Rien ne t'interdit d'essayer.

Je m'applique donc à faire jouer les muscles inférieurs de mon visage à l'imitation de celui d'en face, remue les lèvres, gonfle mes joues, puis les comprime..., sans résultat ! Je m'obstine et reçois de mon vis-à-vis ce que je pense être un signe d'encouragement, un clin d'œil amical, accompagné d'un ralenti facial que je déchiffre ainsi : « Pour obtenir ce son filé, il te faut avancer les lèvres et former avec celles-ci un trou minuscule, et par ce trou aspirer de l'air, en gonfler tes joues, puis les dégonfler de façon progressive et continue...». Autres détails opératoires moins explicites, mais que l'instinct me fait découvrir : desserrer légèrement les dents derrière mes lèvres de manière à livrer passage à la mince colonne d'air ; positionner la pointe de ma langue contre mes dents du dessous pour lui faire jouer un rôle majeur dans cette opération magique, si simple en apparence, en réalité si complexe. Je sens venir avec ferveur mon premier sifflotement...

-*Patatras* !

Un grand fracas dans notre dos ! Une cloison jusqu'ici non repérée vient de céder sous une pression brutale et livre passage à une espèce de tornade blanche, qui, s'engouffrant au milieu de la pièce, tournoie au-dessus de nos lits, hésite entre les deux, et s'abat en grêle sur celui de mon maître-siffleur, qui se met à crier :

-*Aïe, aïe, aïe* !

Le calme après l'orage... De nouveau cet espace extérieur, creux et clos, immobile, dans les trois axes de mon regard ; et ce fond sonore de bruissements et crissements qui prévaut dans l'inconnu *dehors*. Inutile en tous cas d'espérer la réapparition du sifflotement ensorceleur de tout à l'heure. La source, à moins d'un mètre de moi, en est tarie... Comme l'espace va me sembler vide et le vécu privé de vie en l'absence de ces sons aériens ! Pour ponctuer l'écoulement régulier du temps entre les quatre murs de ma venue au monde ne subsistent désormais que les sanglots humides, syncopés de mon voisin de lit. Également périodique, le battement de mon cœur, que je découvre coincé entre mon flanc gauche et le matelas. Le temps à l'état pur. Pour l'Éternité...?

-Ding, ding, ding !

Un son strident, perçant, peu musical, et totalement inouï ! note unique, au timbre aigu, métallique, répétée de façon rapide, insistante par-delà la cloison :

-Ding, ding, ding !

Une rupture du silence ambiant bien plus flagrante que l'onctueux sifflotement sanctionné tantôt de façon si sévère ! Et un délit sonore dont cette fois, j'en témoigne, mon voisin de lit est innocent. Qui ose donc perturber de façon si brutale et grossière l'écoulement sans histoire du flux temporel ? Quelle sanction va s'ensuivre ?

La porte s'ouvre à nouveau dans notre dos et livre passage à la tornade cataclysmique de tout à l'heure, qu'accompagne à présent une émission vocale intempestive et claironnante :

-Debout ! Debout ! dit-*elle* en tapant dans ses mains.

La forme blanche traverse la pièce jusqu'à la faille du mur d'en face et l'élargit d'une double claque retentissante ! Un flot de lumière vive vide aussitôt la pièce de toute pénombre. Tiré moi-même une seconde fois des limbes opaques de l'invécu (je m'étais rendormi), me voici éberlué !

-Debout, debout, les enfants ! La sieste est finie !

Une bonne dizaine de têtes émergent d'autant de lits autour du mien. *Saisi* par cette vision inattendue, je prends appui sur mes deux coudes, soulève mon buste et écarquille si grand les yeux qu'il va m'être désormais très difficile de les fermer. Impossible en effet d'abaisser mes paupières sur l'impétueux flux lumineux qui a envahi la pièce, sa pression est trop forte ; trop puissants et variés ses contrastes !

Forte aussi la pression sonore engendrée par l'éveil si-multané de ces nombreuses répliques de ma personne aux quatre coins de ce qui m'apparaît être un *dortoir* : cette dizaine de lits grinçants, et cette rumeur vocale qu'émet-tent des bouches de tous côtés ; et cette grosse voix d'une *grande* personne au centre de la pièce :

-Dépêchons ! Dépêchons !

J'en prends plein les yeux, plein les oreilles, plein la tête. Plus question de me replier sur mon for intérieur originel, me voilà tout entier *au* monde...! Je m'y résigne moins par faiblesse que par curiosité. Une intuition me traverse l'esprit, selon laquelle l'intégral *versement* qui vient de s'opérer à mes dépens (et au profit du monde) est un moment crucial de l'incarnation : l'*extraversion* par excellence... Intervenant de multiples côtés à la fois, elle devrait conférer cohésion et consistance au milieu hu-main intersubjectif. Nul doute que cette disposition d'es-prit en principe irréversible me semblera bientôt la chose la plus naturelle et la plus banale du monde. Faute de pouvoir fermer les yeux, je me les frotte.

-Debout, debout ! on met ses sandales...

« Fais comme tout le monde » est le conseil que me prodigue une voix étrange venue des profondeurs de mon for intérieur (une voix que j'identifie sans plus tarder comme étant celle du *bon sens* ou de la *raison*, celle qui indique à chaque nouveau-venu au monde la bonne con-duite à tenir, le bon chemin à prendre, la voie à sens unique du *sens commun*)...

Désemparé comme je le suis par ce qui se passe, le mieux à faire est en effet de faire comme je vois *faire* les autres autour de moi. Or, *tous* sont à présent dressés sur leur séant au bord du lit, bras ballants, jambes pendantes, mines bouffies… Et juste en face de moi, mon voisin de lit : bouche boudeuse, yeux rougis... Copier ses moindres gestes et mouvements : poser un pied par terre, puis l'autre, les glisser à présent dans quelque chose d'assez informe gisant par terre en deux unités pratiquement symétriques ?

-Tes *sandales*.

Mes jambes s'avèrent trop courtes ; mes pieds tâtonnants ne trouvent que le vide. *On* vient alors à mon secours : *mes* sandales ont glissé sous le lit, hors de portée. Pour ne rien arranger, elles comportent un côté, "gauche", un autre "droit", qu'il faut apprendre à distinguer. Quant à les attacher moi-même correctement, le *petit* que je suis en est pour le moment tout à fait incapable. *On* me montre donc une nouvelle fois comment m'y prendre... Une *nouvelle* fois ? Qu'en *est*-il donc des précédentes ?

À l'âge qui est le nôtre (?), l'*on* est censé avoir déjà pas mal vécu, donc avoir acquis en maints domaines un certain savoir-*faire* (et *ne pas faire*). Or, de mon strict point de vue, c'est le tout premier jour où je vois le jour de façon *effective*…?

(*Premier jour* et premier sujet de dissension inévitable entre le sentiment intime d'un jeune sujet et les données sociales à *son* sujet. Un certain temps s'écoule entre la date de naissance officielle qui lui est attribuée et le jour ou le nouveau-venu-au-monde voit effectivement le jour et commence à en garder des traces en mémoire. Acte de foi ou acte de naissance…? Une telle question n'est pas à l'ordre du jour).

Debout, sandales aux pieds, j'avance à présent sans trop d'embarras jusqu'à la porte du dit *dortoir*, entraîné par une dizaine d'autres enfants dûment chaussés et habillés. D'un coup d'œil je m'estime un peu plus petit que la moyenne d'entre eux, donc moins âgé…?

Et tout aussi brutal, sans transition, ce second choc spatial une fois franchie la porte ! Un espace bien plus large à mes yeux - et surtout bien plus haut, plus bruyant, plus encombré aussi - que le petit dortoir d'enfants clos et intime où je viens juste de voir le jour… Deux rangées de piliers de bois se perdent dans les hauteurs d'un lointain plafond. La lumière du dehors en ruisselle jusqu'au sol par une sorte de vitrage circulaire... Ce soudain élargissement confirme mon intuition première du monde : des espaces de plus en plus grands emboîtés les uns dans les autres. De tous côtés des portes s'ouvrent, déversant en ce lieu central des groupes d'enfants de diverses tailles, *petits*, *moyens* et *grands*, sous la houlette de plusieurs vraiment "grandes personnes" ; cela fait au total beaucoup de monde et beaucoup de bruit. Il me vient à l'idée - fugitivement - que le nombre de personnes présentes en un lieu donné pourrait être proportionnel au volume d'espace disponible ? À moins que ce ne soit l'inverse : un monde d'autant plus vaste que le *monde* y est plus nombreux ? Mais pour l'heure cette question n'est ni *primale*, ni primordiale, je la chasse donc de mon esprit… Plus surprenante et digne de réflexion, par contre, me semble la familiarité bruyante et spontanée qu'*ils* se témoignent les uns aux autres : comme s'ils se connaissaient déjà ? comme si ce n'était pas la première fois qu'ils se trouvaient ensemble dans ce grand hall ? comme si, et contrairement à moi, ce n'était pas le premier *jour* qu'ils se voyaient les uns les autres…? La ci-présente réalité aurait-elle eu pour eux une existence antérieure ? Ou bien se seraient-ils connus ailleurs, autrefois, en une autre occasion, dans d'autres mondes ? Pour ma part (autant qu'il m'en souvienne - et mon souvenir en la matière est des plus *frais*), c'est vraiment la toute première fois que je me trouve au monde, ou du moins en *ce* monde, et la réalité qui s'y fait jour me semble à chaque instant d'une radicale nouveauté, non dénuée de menaces... Dans la multitude des visages inconnus qui m'entourent et qui me déboussolent un peu par leur diversité (dont certains semblent pourtant me connaître), je cherche du regard et découvre enfin celui - le seul qui me soit familier - de mon voisin de lit de tout à l'heure, le maître-siffleur. Le voir à mon côté me fournit un repère rassurant. Un peu plus grand que moi, le *petit* en question répond au nom de "Riri". Et j'entends qu'on m'appelle "Lulu"...

-*Lulu*, *Riri*, par ici !

Et nous voici "dehors"... Une trentaine d'enfants de divers âges, tailles, sexes et physionomies, encadrés et surplombés par trois-quatre réellement *grandes* personnes... Nouvelle confirmation de mon intuition première : le dehors est beaucoup plus grand que le dedans et sans doute le dedans d'un dehors à venir plus vaste encore, et ainsi de suite à l'infini...? Cette conception du monde me semble de plus en plus plausible et la plus acceptable en termes de vécu. Toutefois, la dilatation spatiale qu'elle implique m'oblige à écarquiller un peu plus les yeux, tandis que la lumière omniprésente et vive me les fait cligner... Ajouter à cela le désagrément de l'air chaud extérieur, dont je suis maintenant enveloppé de la tête aux pieds et qui, substance immatérielle, s'insinue au plus intime de ma personne par le moindre de mes orifices corporels ; au total, une situation bien incommode... L'instinct me commande de fermer la bouche, mais je ne peux en faire autant de mes narines.

Jalonnant ce nouvel espace, des piliers de bois plus hauts mais moins droits et moins bien alignés que ceux que j'ai pu voir à l'intérieur de la maison, s'érigent ici et s'évasent en de fines armatures ramifiées, comme pour soutenir là-haut, au-dessus de nos têtes, un dais d'un bleu profond et lumineux, sorte de plafond d'azur à l'encontre duquel ma pensée ne peut se retenir longtemps de poser la sempiternelle question :

-Qu'y a-t-il au-delà ?

Inondant cet espace, la lumière se dépose en flaques à même le sol… *On* nous fait mettre en rangs par quatre, les *grands* derrière, les *petits* devant.

-En avant !

Riri s'empare d'une de mes mains tandis que l'autre est empoignée d'autorité par une *fille* dont les longues boucles blondes effleurent ma joue agréablement ; leur éclat attire mon regard…

-Regarde devant toi, Lulu !

Les troncs s'espacent. Le dais d'azur se dilate en tous sens… Privée bientôt de ses piliers centraux, la voûte céleste semble tenir en l'air toute seule, bien plus haut que je n'avais d'abord pensé. Elle s'appuie toutefois en lisière sur quelque toiture ou frondaison lointaines, et s'incurve là-bas jusqu'à toucher le sol. Lumière encore plus vive, très crue…

-Et Lulu qui n'a pas son bonnet ! s'exclame-t-*on* au-dessus de ma tête. *On* me pose sur celle-ci un morceau de tissu blanc que l'*on* m'enfonce jusqu'aux oreilles.

-Tête nue par ce soleil, on n'a pas idée !

Le *soleil* ? D'un regard oblique vers le haut, j'identifie la chose : objet rond et brillant comme un œil au milieu du ciel ; un gros œil ébloui qui me fixe sans ciller et m'oblige à rabaisser les miens vers le sol (la pointe de mes sandales)...

-Regarde devant toi quand tu marches, Lulu !

Le chemin défile sous mes pieds, de l'avant vers l'arrière, en trainées continues jaunes et brunes…, un défilé bien trop rapide pour que j'en distingue au passage les composants : débris de végétaux et minéraux sur fond de sable… Poser en alternance un pied par terre puis le suivant, sans temps d'arrêt, requiert toute mon attention. Je crains de m'embrouiller dans mes commandes ambulatoires, d'avancer par exemple deux fois de suite la même jambe et perdre l'équilibre ! *On* me tient heureusement d'une main ferme de chaque côté. La marche qu'*on* nous impose m'est d'autant plus pénible que montent du sol jusqu'à ma bouche et mes narines ces bouffées suffocantes de poudre et de lumière mêlées, qui troublent ma vue...

-Comment font donc les autres êtres, *petits* et *grands*, pour marcher sans difficulté apparente, et même avec aisance ? Tâche donc de faire aussi bien qu'eux, me conseille ma pensée…

Cela *va* déjà mieux : le chemin moins accidenté, moins poudreux, plus souple aux pieds, donc plus viable, a cessé de défiler sous mes yeux en un flux continu… Progrès ambulatoire considérable accompli sans m'en apercevoir, sans même y penser : l'illusion d'optique du début (ce défilé étourdissant du sol de l'avant vers l'arrière sous mes pieds, comme si je faisais moi-même du sur-place) a cessé à l'instant où, détachant mon regard de la pointe mouvante de mes sandales, je l'ai projeté un bon mètre devant moi pour mieux anticiper les creux et saillies du chemin, il suffisait d'y penser... Je refais l'expérience deux-trois fois pour vérifier la réalité du phénomène et me réjouis intérieurement de la maîtrise fraîchement acquise en ce domaine crucial qu'est pour tout être humain la bipédie. Mieux encore : le chemin devenant tout à fait régulier, je me risque à ne plus l'inspecter du tout et oriente librement mon regard à l'horizontale, ici et là, de tous côtés, comme font du reste les autres enfants, sauf en arrière. Pourquoi pas en arrière…?

Notre petite troupe continue d'avancer sur un chemin bien lisse et plat. Ma paire de jambes plus courtes que celles des autres enfants m'oblige certes à les actionner plus vite qu'eux pour rester à leur hauteur, mais désormais sans discontinuité, comme si je n'avais fait que ça toute ma vie. Mais de là à penser que cette partie *inférieure* de mon corps n'a plus vraiment besoin de mon contrôle visuel pour fonctionner ? qu'il m'est désormais permis de m'en abstraire, de baisser par exemple les paupières pour reposer mes yeux de la lumière ambiante, ou mieux encore, de rentrer en moi-même pour y faire le point, retrouver un instant, s'il existe encore, cet espace intime personnel, qui, je ne l'oublie pas, fut ma bulle d'être originelle, d'où tout est parti...? Un tel retour à elle, à lui, à moi, me paraît tout à coup non seulement possible, mais souhaitable, peut-être même nécessaire, indispensable…?

-Voyons voir…

Toute vision nette du monde s'efface à l'instant où je

ferme les yeux. Ne subsistent à hauteur de ceux-ci que d'indécises lueurs, pas désagréables mais instables, fluctuantes, dangereusement ballottantes… ?

J'ai tout à coup le sentiment - le pressentiment - que me détacher ainsi visuellement de ce qui m'entoure n'est pas sans risques ; que c'est larguer à la légère d'indispensables amarres, rompre ces invisibles haubans attentionnels, qui, à l'insu de ma personne, la maintiennent de façon permanente à la verticale et lui permettent de marcher droit...? De ma tête, l'étrange ballottement gagne en effet mon corps entier et désunit le mouvement alterné de mes membres inférieurs. Le double soutien manuel de mes compagnons de route ne suffit plus à empêcher ma démarche en aveugle de se faire un peu plus hésitante à chaque pas, cahotante, et enfin basculante ! Une aspérité du chemin, - évitable si j'avais continué de regarder devant moi -, me fait trébucher. Emporté par ma masse corporelle, tête la première, je percute le dos d'un *petit* devant moi, tente en vain de m'y accrocher et entraîne Riri dans ma chute, alors que de l'autre côté, ma ferme compagne aux cheveux d'or me retient de tomber tout à fait par terre, le nez dans la poussière :

-Lulu, regarde devant toi quand tu marches !

On me remet mon bonnet sur la tête ; *on* me reprend en main de part et d'autre. Nous voici repartis... La leçon à tirer de cet incident : s'il est bon de ne pas fixer du regard la pointe de ses souliers lorsqu'on met un pied devant l'autre, il importe en revanche de garder les yeux bien ouverts, afin de s'assurer d'un équilibre global par rapport aux autres êtres, à la Terre et au Ciel… Plus fondamentalement, la présente expérience m'incite à penser que l'être-au-monde, *grand* ou *petit*, dépend bien plus du monde que le monde ne dépend de lui.

-Te garder donc dorénavant de fermer l'œil en marchant ; ce sont deux manières d'être incompatibles.

Les *petits* que nous sommes ouvrons la marche avec application et en silence, tandis que derrière nous ceux qu'on appelle les *grands* sont plus bruyants, plus libres aussi de leurs mouvements. Le plus grand d'entre eux s'appelle *André Drapier*. Le grand *Dédé* (comme j'entends qu'on le nomme aussi) tient des propos sonores, dont le sens m'échappe, mais qui ont le pouvoir de déclencher chaque fois le rire de toute la troupe, adultes compris. Soucieux de ne pas être en reste, je me laisse aller à rire "comme tout le monde"… Le rire, comme la bipédie, est sans doute le propre de l'Homme, un moyen important parmi d'autres pour chaque être de tester et réactiver périodiquement l'identité de vue et la complicité qui l'unit à ses éventuels congénères ici-bas...? Sans cesser de marcher, je me retourne à deux ou trois reprises afin d'apercevoir, au dernier rang de notre petite troupe, la grosse et haute tête du *plaisantin*, et lui signifier d'un large sourire ma connivence personnelle… Au nom de tous les *grands*, André Drapier s'impatiente de ce que les *petits* ne marchent pas assez vite en tête de la troupe :

-Pressons, pressons ! on va rater le train. *Tut, tut* !

Rire général...

Les arbres, qui jusqu'ici nous escortaient, ont maintenant tous disparu. Je n'en ai pris conscience qu'après un certain temps de marche à découvert. L'absence d'une chose serait-elle plus marquante que sa présence...? De part et d'autre du chemin, des sortes de palissades (ou *brandes*) nous bordent encore sur quelques décamètres. L'espace se dégarnit, s'élargit, la végétation s'éclaircit, se ratatine à vue d'œil ; et ce n'est plus bientôt, à gauche comme à droite et devant nous, qu'un tapis élimé d'espèces rampantes et d'herbes rabattues, mais très odorantes… L'on arrive à une zone dite de *dune*. Seules s'y dressent des touffes de plantes rigides aux feuilles piquantes, qui cherchent à nous lacérer les mollets au passage. À leur sujet le mot *chardon* est prononcé, que j'entends pour la première fois (et inscris au passage dans ma matière grise). Leur implantation au hasard nous oblige à marcher en *zigzag*... Le chemin s'amincit en un mince filet de sable sinueux, une vague trainée d'usure dans le tapis végétal, où il est désormais impossible de progresser en rang par quatre. L'*on* fait donc mettre les *petits* par deux ; les *grands*, pour leur part, chargés de tout un attirail de plage, seaux, pelles, ballons, etc…, sont dispensés de se donner la main. Ma droite échoit une nouvelle fois à *Boucles d'or* (je viens d'enregistrer son nom) ; ma gauche est désormais libre. Riri a été transféré en tête du cortège. Je l'ai perdu de vue non sans regret. Loin derrière nous, le grand Dédé ferme la marche, mais sa voix sympathique et joviale continue de me parvenir...

Toujours plus indécis, notre sentier plonge à présent dans un creux de terrain, une sorte de grande cuvette à la végétation plus dense et plus variée. L'on y traverse une poche d'air chaud suffocante ! Il en émane une agréable et invisible odeur, qui, entrant par mes narines, remonte mes conduits olfactifs et m'émeut intérieurement de façon aussi mystérieuse et prenante que l'a fait la réalité musicale au moment décisif, pas si lointain, où j'ai vu le jour pour la première fois, souviens-toi... Le parfum concentré que je hume ici provient d'une bonne dizaine de plantes enchevêtrées, dont des fleurs minuscules que l'*on* désigne comme *thym, œillets des dunes* et *gueules de loup*, autant de noms que ma mémoire emmagasine. D'autres plantes sont moins bien ou pas du tout identifiées, et leurs noms difficiles à retenir de toute façon... Notre colonne sort de ce trou en file dite *indienne*, renonçant du même coup aux effluves capiteux. Au sommet de la butte une autre odeur se fait alors sentir, plus diluée, plus fruste, moins parfumée que les précédentes, plus fraîche aussi et vivifiante. Une sorte de courant d'air humide me parvient, par une porte invisible, d'un au-dehors lointain et mystérieux dont je n'ai pas la moindre idée, mais que je pressens immensément large...

Mon cœur bat d'une certaine impatience, y compris quelque appréhension... Un espace complètement décompartimenté : stade ultime de mon ouverture au monde, ou antichambre d'un outre-monde encore à découvrir ? La réalité qui s'est *fait jour* initialement à travers ma taie cortico-oculaire, sous la forme réduite d'un dortoir d'enfants, se dilate ici au-delà de toute mesure, outrepassant mon champ de vision *dans les grandes largeurs*, notamment par la gauche et la droite, en même temps qu'elle subit une extrême simplification : trois bandes horizontales superposées dans trois teintes assez peu contrastées, bleu-ciel, vert d'eau, jaune-sable... La fin des terres ? Le bout du monde ?

-La Mer !

La *Mère*...? J'en prends plein la vue ! Jamais je n'ai reçu dans la figure et dans les yeux autant d'espace et de lumière d'un coup ! Et par mes autres sens : ce bruit immense, ce mouvement général, incessant, et cette indicible émotion sous-jacente…!?

-La mer ! la mer ! trépignent de joie mes compagnons de route.

Ce mot me fait un drôle d'effet ; un bouleversement intime que je m'explique mal… Je sens s'ouvrir en moi la trappe d'un soupirail secret, d'où s'exhale, non la joie, mais une sourde et poignante souffrance qui m'ébranle de la tête aux pieds. Un tremblement nerveux s'empare du bas de mon visage, et une irrésistible poussée liquide me monte aux yeux et les embue.

-Eh, pas ta *mère*, la *mer* !

-La mer, M-E-R !

-Pleure pas, *petit*, tu la reverras ta mère, me lance André Drapier en tapotant ma tête amicalement, avant de dévaler la dune.

*

-*Elle* n'a pratiquement pas changé…

-On la dit pourtant *changeante* ?

-Elle change en effet d'une heure à l'autre, ou d'un jour au suivant, et bouge en outre de façon permanente ; mais ces changements superficiels et ces mouvements constants n'affectent en rien sa substance intime, ni son être à long terme.

-Elle est telle qu'on l'a découverte autrefois, pour la première fois, et telle qu'on l'a revue maintes fois depuis...

-Paradoxe apparent : sensible sur le moment au temps qu'il fait, insensible à celui qui passe...?

-Changeante d'un jour sur l'autre, ou même d'une heure

à la suivante, en fonction du vent, elle demeure sur le long terme inchangée, ne gardant aucune trace de ce qui (se) passe en elle, sous elle, au-dessus d'elle, ou sur ses bords...

-Deux, trois milliards d'années ? Elle ne *fait* pas son âge...

-Elle est à proprement parler sans âge, ne présente aucun signe d'usure, ni de caducité.

-Elle est pourtant ridée ?

-Ridée par nature, autant qu'on peut l'être. Mais ses creux (ses rides) les plus marqués, d'origine éolienne, s'effacent d'eux-mêmes, comme par enchantement, à mesure qu'ils se forment. Les plus profonds sillons nautiques ne sont que sillages éphémères à sa surface. Autant dire qu'un *coup de vieux* n'a pas de prise sur elle...

-La *même* en quelque sorte depuis que l'*on* est au monde, et sans doute depuis que le monde est monde ?

-L'on ne peut en dire autant de la croûte terrestre, plissée et crevassée durablement par le volcanisme d'une ère à l'autre, érodée, taraudée, transformée par le vent et la pluie d'une année sur l'autre, ni de la couverture végétale sujette, elle, à des variations saisonnières spectaculaires, ainsi qu'à des transformations irréversibles, et vouée - bien que se rénovant un peu à chaque printemps - à un vieillissement à long terme fatal…

-Et il en va de même des êtres animés de tous poils et de toutes espèces qui sillonnent le globe. Tous prennent d'imparables "coups de vieux", connaissent une déchéance tôt ou tard mortelle !

-Quant à l'air, il est trop ténu, trop peu tangible aux sens humains - si ce n'est l'odorat - pour qu'on puisse percevoir ses éventuelles altérations, ou éprouver sa stabilité...

L'air n'offre pas au vécu humain la tangible substantialité de la réalité marine, ni surtout son accessibilité directe.

-Elle est donc une réalité à part...?

-Elle intègre en effet des qualités diverses qui, chez d'autres réalités terrestres, s'avèrent antagonistes. Elle incarne par exemple le maximum de substantialité compatible avec une fluidité totale, offrant par là même à tout corps solide (dont celui de l'Homme) le maximum de pénétrabilité compatible avec une certaine flottaison.

-Mais ces deux traits physiques ne sont-ils pas plus caractéristiques de l'eau que propres à la mer ?

-Objection recevable... La mer jouit "naturellement" des qualités extraordinaires de l'eau, mais elle en possède d'autres, bien à elle et tout à fait remarquables. Celle en particulier, déjà évoquée, d'être changeante et pourtant inchangée, ou, vue sous un autre angle, d'associer le comble de la mobilité au comble de l'immuabilité - ce qui n'est pas donnée à toute réalité aquatique.

-D'où découle sans doute cette autre propriété typiquement marine : l'éternelle fraîcheur, ou jeunesse...?

-En effet, tandis que maints plans d'eau semblent "usés" au bout d'un certain temps de stagnation terrestre, la mer pour sa part, avec ses ourlets d'écume blanche sans cesse renouvelés, paraît éternellement jeune, "flambant neuve", aussi bien quand un soleil levant fringant l'éclaire au petit matin, qu'au terme d'une longue journée, quand un soleil déclinant, puis couchant, exténué, épuise ses derniers feux en des miroitements d'argent et de cuivre d'une vivacité tenace...

-Comment expliquer cela ?

-Aucun signe d'usure à la surface de l'océan ; usure omniprésente partout ailleurs, y compris sur maints plans d'eau non reliés à la mer...

-Il y a les eaux dites "vives" (torrents, cascades, fleuves impétueux...), qui, pour assurer leur salut, n'ont de cesse d'avoir rejoint le giron marin, tandis que d'autres dites "mortes" (étangs, canaux, bras morts de certains cours d'eau) n'y parviennent jamais.

-Mortes également ces invaginations marines prises entre des rochers ou des ouvrages portuaires artificiels ; mais elles ne représentent, en surface et volume, que peu de chose par rapport à la mer totale…

-*Vive*, la mer l'est par l'éclat, la vivacité, l'infatigable vitalité ou mobilité de ses eaux... Comment expliquer cela, par le sel ?

-La mer est en effet salée, mais ce trait ne joue aucun rôle dans sa mobilité, au contraire : la mer dite "Morte" est on ne peut plus empesée par le sel. L'explication de la mobilité marine doit être cherchée ailleurs. Elle est d'ordre quantitatif plus que qualitatif ; elle réside simplement (comme suggéré plus haut) dans l'extraordinaire masse hydrique que constituent ses quelque quinze mille milliards de mètres-cubes d'eau libre à la surface de la planète !

-Là est en effet le secret de son éternelle jeunesse. Immensité liquide d'un seul tenant, animée en permanence d'un triple mouvement d'ampleur et de périodicité variables, la mer est comme un muscle énorme à l'état libre sur lequel nul agent autre que cosmique (la Lune, le Soleil) n'a de prise durable ici-bas, et pour lequel n'existe aucune enveloppe, ou *contenant* terrestre dignes de ce nom... Les mal nommés *continents* n'en contiennent en réalité que de petites fractions, appelées *mers intérieures*, souvent mortes ou en voie de l'être. La mappemonde met en évidence la prédominance du bleu marine sur les couleurs terrestres, jaune, vert et brun... La mer enserre les terres, les soumet à sa pression, non l'inverse. Elle les borde et déborde sans exception ; précédant leur émergence, elle les grignote une fois surgies, les submerge tôt ou tard !

-Elle se soucie (?) pourtant de remettre à neuf périodiquement, à notre intention (?), le long ruban de sable piétiné, souillé, fatigué, qui nous tient de lieu seuil, ou mieux encore de paillasson quand nous entrons en mer pour nous baigner.

-La dite "plage", si sensible aux moindres effets du temps (météorologique comme chronométrique), fait bien ressortir la spécificité marine : son intemporalité, et du même coup, sa transtemporalité... La mer, dans la mesure où elle est *une* et *même*, identique à elle-même à travers des états changeants, en tous lieux et temps, reproduit à une immense échelle ce qu'est pour chaque être (humain) son identité singulière à travers les multiples *avatars* du vécu.

-Et les *aléas* de la vie...

-La mer est probablement sous-jacente à toutes formes de vie, de la plus primitive à la plus évoluée...?

-Difficile en effet de concevoir une planète "vivante" qui n'ait pas en partage, sous une forme quelconque, une masse d'eau comparable à ce que représentent pour nous, sur Terre, les océans...

-Donnée à première vue paradoxale : insensible aux atteintes de l'âge aussi bien en surface qu'en profondeur, montrant une égale indifférence à l'endroit de toutes les manifestations plus ou moins voyantes du Vivant, ne gardant, contrairement à la Terre, aucune empreinte de ce qui (s')est passé dans ses flancs, à sa surface ou sur ses bords depuis l'aube des temps, la Mer, ou plus exactement le bord de mer, représente pour quiconque y séjourne de temps à autre un moyen efficace d'entrer en contact avec le plus lointain passé, même le plus éventé... Subtile combinaison d'éléments simples, olfactifs (algues, iode), sonore (le ressac), visuels (l'ourlet d'écume, le scintillement)..., une bouffée ou gorgée mentale de ce philtre magique vous transporte instantanément (à l'instar de la légendaire madeleine de Proust) d'une à plusieurs décennies en arrière, parfois plus !

-Tout bien considéré, elle est la seule composante du cadre de vie humain, et peut-être aussi animal, à n'avoir pas changé au fil des siècles, des millénaires, et vraisemblablement depuis des ères !

-D'où cette sensation ineffable, lorsqu'on longe le bord de mer, d'évoluer au sein même de l'éternité…?

-Elle fait naître en chacun de nous l'espoir, bien sûr fallacieux, d'une éternité personnelle.

-Au demeurant, la mer elle-même n'est pas éternelle. Nos explorations récentes de la planète Mars nous apprennent que des masses d'eau de type océanique s'en sont évaporées il y a quelques milliards d'années, sans que l'on sache encore pourquoi...

-Il n'empêche : déambulant pensif dans quelques décimètres d'eau en bordure de mer, l'on éprouve le sentiment quasi extatique d'entrer en communion directe, non seulement avec soi-même autrefois, mais aussi, de façon plus secrète, avec de très anciens représentants, plus ou moins exotiques, du genre *Homo*, du monde animal, ou plus largement encore de l'être-au-monde des temps passés... Un gamin, un adolescent, puis un adulte à notre image (ou presque), ceint d'un pagne en peau de bête, un poignard de silex au côté, met ses pas dans nos pas pataugeurs...

-N'est-ce pas plutôt l'inverse ? Le *même* médium transtemporel nous unit l'un à l'autre aussi tangiblement et intimement que le ferait un milieu spatial homogène...?

-Il arrive en tout cas que cette sensation, *vive* mais fugace, fasse naître en nous des espoirs insensés d'éclatement du carcan temporel, d'arrachement personnel à l'entraînement jusqu'ici irréversible du Temps. *Transtemporalité* : libre transport dans la quatrième dimension !

-La mer a connu nos plus lointains ancêtres, quand on y pense. Notre frustrante (et complaisante ?) incapacité de remonter le cours du temps s'en trouve certes soulignée, mais dans une certaine mesure abolie...

-La même mer depuis tant d'années ; depuis des siècles en fait, et même des millénaires, des ères entières à en croire les géologues...

-Le bord de mer : lieu commun de bien des tranches de vie vécues jusqu'ici par nous, vous, toi et moi, mais aussi et mieux encore - à en croire les paléontologues -, le lieu commun de tous les stades de la Vie humaine, animale comme végétale...

-Du vivant de l'Homme, et a fortiori du vivant de l'estivant - et pour autant qu'on sache : du vivant du Vivant lui-même -, la mer n'a pratiquement pas cessé d'être présente ici-bas, identique à elle-même. La mer, étalon suprême de l'impermanent ?

-Impitoyable miroir de l'éphémère ! Par sa parfaite pérennité, elle met en relief (*accuse*) le caractère essentiellement futile et fugace de tout ce qui (se) passe dans ses parages, estivants compris. Elle est un *vivant* reproche aux mortels que nous sommes. Elle témoigne d'un temps immémorial où non seulement l'Homme, mais plus généralement les mammifères, les dinosauriens et autres espèces marines, amphibiennes, aériennes ou terrestres, se signalaient par leur absence...

-Ainsi la mer est-elle bien, de toutes les réalités du monde, celle qui, dans notre esprit, répond le mieux à l'idée d'Éternité ; la seule réalité terrestre dont on puisse affirmer avec une quasi-certitude qu'elle est telle qu'aux premiers temps où quelque *un* s'est trouvé en sa présence, ou, mieux encore, aux temps anciens où, pour la première fois, parvenus sur ses bords, des êtres humains (ou plus largement animaux) l'ont appréhendée sous ses différents aspects, visuel, tactile, olfactif, sonore... gustatif ?

-D'entrée, et simultanément (car c'est la simultanéité de plusieurs impressions dans divers domaines sensoriels qui confère à la mer un tel impact sur le cortex humain) : sa totale mobilité, le bruit quasi isotrope qui l'accompagne, et, par bouffées, cette flaveur d'iode et de sel, également impérieuse...

-La mer : un ressassement dont on ne se lasse pas, quand bien même on finit par ne plus l'entendre, et qui, au bout de plusieurs heures, vous laisse dans un état d'hébétude proche de l'ébriété...

-Et qu'on retrouve chaque fois avec une même stupeur !

-Stupeur des premiers arrivants en vue de la mer... La toute première tribu d'*Homo neanderthaliensis*, avec armes et bagages, femmes et enfants, progressant depuis des années des fins fonds continentaux de l'Eurasie, talonnée par cet implacable ennemi qu'est déjà pour elle *Homo sapiens* ? ou simplement aiguillonnée par l'esprit d'aventure ?

-L'instant où tout ce petit monde, franchissant le dernier

cordon dunaire aquitain à hauteur de ce qui sera un jour "Montalivet-les-Bains", débouche sur l'Atlantique et écarquille au maximum les yeux : du jamais vu de mémoire d'Homme. Et pas moyen d'aller plus loin...?

-La descente sur la plage, nos premiers pas craintifs dans une matière mouvante, le sable, non pas inconnue de nous, car nous l'avons déjà foulée ailleurs, mais dont nos pieds, justement, coutumiers des longues marches sur tous terrains, ont de bonnes raisons de se méfier... Aucune hésitation, par contre, pour s'y asseoir, c'est un support que nous savons de tout repos, voire confortable.

-L'on s'y installe toutefois à une dizaine de mètres, distance dite "respectueuse", du mystérieux monstre liquide...

-La hardiesse attitrée de notre grand Chef Babu le pousse à aller voir de près cette Chose dont la bordure déconcertante semble avancer et reculer à la fois, se dresser de façon menaçante et s'aplatir ensuite avec humilité...?

-Il n'est pas dans le caractère du "Grand Babu" de se laisser intimider et moins encore impressionner par qui ou quoi que ce soit en ce monde, connu ou inconnu... Plus que l'immensité du plan d'eau (nous sommes passés par la Caspienne et la Mer Noire), c'est son agitation ample et soutenue qui, présentement, ne laisse pas de surprendre les membres de la tribu, mais aussi de les intriguer. Il y a là un formidable spectacle, géant et généreux, inlassablement renouvelé, et d'une gratuité totale, dont chacun se convainc d'emblée qu'il lui faudra des jours, des mois, voire des années et même des millénaires pour en épuiser les infinies richesses...

-À l'exception du "Grand Babu" resté debout, toute la

tribu est maintenant assise, accroupie, ou allongée, face au Large, éberluée !

-Mais notre Chef n'apprécie guère de voir ses hommes (mais surtout ses femmes et enfants) captivés et intimidés par une réalité autre que sa prééminente personne, même si la plupart d'entre nous manifestons encore quelque désarroi et levons vers lui, de temps à autre, un regard interrogateur, en quête d'explication, voire de protection ? À ses yeux, désormais, la mer fait figure d'adversaire - à tout le moins de concurrent direct, de rival sérieux. Babu estime en conséquence urgent de faire écran le plus possible entre ceux et celles qu'il considère comme ses sujets et l'objet de leur sidération. Il s'approche donc au plus près de l'énorme masse liquide, afin de mieux l'examiner, et sans doute va-t-il la défier...?

-Heureuse coïncidence, celle-ci au même instant, soumise à des contraintes cosmiques aussi mystérieuses qu'inflexibles, est forcée d'amorcer son reflux. La pointe humide extrême de son avancée imprègne encore la lisière de sable qu'elle occupait un peu plus tôt... Ce que l'on nommera plus tard l'*estran* tend visiblement à s'élargir de minute en minute, et la mer à se rétracter d'autant. Babu, observant cela et - pas plus bête qu'un autre - anticipant la suite, y hasarde ses propres pieds, et, constatant la solidité du support, s'y livre sur place à une espèce de trépignement guerrier, destiné aussi bien à marquer le terrain conquis qu'à intimider l'adversaire et précipiter sa retraite !

-C'est alors que la mer, d'un large coup de patte imprévu, à contretemps de son reflux d'ensemble, lui saisit les chevilles et, dans un bouillonnement d'écume blanche, lui transit les mollets jusqu'aux genoux et lui éclabousse les fesses !

Un grand rire éclata dans le dos de Babu, dont il mettra l'été entier à se remettre...

*

Tandis que, balle au pied, nos *grands* s'égaillent sur la plage, sous la houlette d'oncle Babu, les *petits* restent groupés autour de leurs deux monitrices, tante Yolande et tante Zoé (il semble convenu d'appeler *tantes* et *oncles* les adultes en charge de nos personnes, grandes ou petites)...

Tantes YZ font asseoir les *petits* (Riri, Lulu, Virginia, Philippe, Arlette, Péco, Mon Gros, etc…) en un cercle parfaitement fermé, à l'intérieur duquel tous leurs regards convergent, se croisent, s'échangent, se renforcent mutuellement… Cette disposition circulaire a pour but vraisemblablement de détourner nos âmes encore tendres de la réalité béante sur laquelle on a débouché, et de reconstituer temporairement sur place un *petit* monde à notre mesure, que pelles, seaux et râteaux vont aussitôt mettre en chantier...

À l'opposé du cercle ainsi formé, je repère Riri, perdu de vue en fin de trajet. Riri m'aperçoit en retour et me signifie le plaisir qu'il a de me revoir en m'adressant un clin d'œil de toute beauté ! Les prouesses physionomiques dont Riri est capable m'émerveillent toujours autant ; j'aimerais les reproduire, mais ne sais trop comment m'y prendre...? S'il m'est possible de fermer les deux yeux à la fois, je suis incapable de faire jouer l'un indépendamment de l'autre, surtout à la vitesse qui conviendrait pour que ce soit un signe de connivence ; il faudra que je m'exerce - tout s'apprend dans la vie... Faute de pouvoir cligner d'un œil dans l'immédiat, j'adresse à Riri un petit signe amical de la main, ou plutôt, de la pelle de plastique jaune que j'ai en main et que je manœuvre déjà avec dextérité.

-Nous allons jouer à la chandelle ? propose alors tante Y, et tante Z d'approuver...

-Laissez vos pelles, vos seaux et vos râteaux, les enfants, on joue à la chandelle.

La *Chandelle*, qu'est-ce à dire ? Le petit *nouveau* que je suis n'en sait fichtre rien... Observer avec soin ce qui va se passer et tâcher d'en percer au plus vite les règles opératoires... Ce n'est guère compliqué : au départ nous sommes tous assis en rond ; l'un de nous (en l'occurrence Philippe) est alors appelé à se mettre debout et décrire dans notre dos un cercle virtuel, puis un second, un troisième, comme pour renforcer celui bien réel que forment nos corps à même le sable… Il s'agit donc en gros de recentrer (reconcentrer) notre "petit monde" sur le cercle, ou plus exactement la sphère de réalité finie, qui, spontanément (re)créée en arrivant ici, donne déjà des signes inquiétants de relâchement, voire d'avachissement et de dissipation spontanée. Autrement dit : soustraire nos esprits juvéniles, donc fragiles, aux largesses dissipatrices du Large, aussi bien qu'à l'action distrayante et dissolvante de la réalité marine, et sans doute plus encore à l'action centrifuge irrésistible exercée en tous points de l'espace par la massive omniprésence de l'infini ! présence particulièrement sensible en cet espace on ne peut plus *largement* ouvert qu'est le bord de mer...

Mais courir dans le sable mou est fatiguant. D'où bientôt la nécessité pour Philippe de passer le relais à l'un des enfants assis, et si possible - c'est là que les choses se compliquent - à l'insu du destinataire. Le *témoin* est un simple mouchoir, que Philippe va laisser choir subrepticement dans le dos (angle mort visuel) de celui (ou celle) qu'il a secrètement choisi(e) pour le relayer, en l'occurrence Péco... Péco, s'il s'en rend compte à temps, se saisit du mouchoir, se met debout et tente de rattraper Philippe avant que celui-ci n'ait regagné sa place ; en quel cas (et c'est le cas), Philippe doit reprendre le mouchoir et sa course épuisante dans le sable mou... Donc, observation croisée des uns par les autres, chacun suivant de l'œil Philippe dans la plus grande partie de sa course orbitale... Occasion en tout cas pour moi de découvrir un défaut majeur de ma faculté visuelle : l'angle mort dans mon dos, résultant de ce que ma tête, emmanchée à mon buste par le cou, ne peut effectuer un tour complet sur elle-même, n'est donc pas une *tourelle...*

En principe, tout enfant tant soit peu attentif est à même d'observer la dépose du mouchoir dans le dos de ses homologues, en particulier ceux d'en face, mais pas dans le sien (l'impossibilité anatomique notée ci-dessus) - et c'est là le point fort du jeu... Certes, le joueur recevant le mouchoir à son insu peut en chercher le reflet dans le regard des participants qui lui font face, mais ceux-ci, justement, font en sorte qu'il n'y décèle rien... Ainsi continue-t-*on* de surveiller Philippe avec une feinte anxiété, comme si, mouchoir toujours en main (alors qu'il l'a laissé tomber dans le dos de Mon Gros), il hésitait encore à s'en débarrasser ici plutôt que là... Celui que l'on appelle "Mon Gros" est en effet plus gros que la moyenne des enfants ici présents, donc un coureur médiocre, incapable de rattraper Philippe, qui tranquillement regagne sa place… C'est donc à présent au bien nommé "Mon Gros" d'évoluer dans le sable mou. Il y est à la peine, visiblement et va probablement chercher à se débarrasser du mouchoir le plus vite possible ; il choisit pour cela le dos de Virginia, qui, ayant deviné la chose, se lève nonchalamment et - compassion de sa part ? - entreprend sa course à petit trot délibéré, de façon sans doute à ce que Mon Gros, qui déjà n'en peut plus, puisse regagner sa place assise en un seul tour... Une fois Mon Gros hors course, celle de Virginia devient beaucoup plus rapide. Maintenant, si l'enfant dans le dos de qui le mouchoir échoit (en l'occurrence Arlette) ne réagit pas à temps, c'est-à-dire ne prend pas le relais avant que Virginia soit revenue à sa hauteur, la chose est sanctionnée par l'attribution unanime et désobligeante de l'épithète "*chandelle*" (nous y voilà) et par la mise en pénitence de la fautive au centre du cercle…

La "chandelle" exige donc des participants un niveau d'attention élevé et pas mal d'intuition. Bien que la règle ne l'interdise pas, le fait de se retourner à chaque passage du *relayeur* derrière soi est considéré comme une façon *primaire* de jouer, qu'il faut dépasser, la subtilité du jeu consistant à deviner ce qu'on ne peut voir et ne se retourner qu'à coup sûr pour prendre le relais. L'on y développe une sorte de seconde vue, un modèle du genre... Objectif évident de l'exercice : sanctionner toute distraction d'esprit de la part des enfants, empêcher chacun d'eux de rentrer en soi-même (comme je m'y sens enclin), ou de glisser un œil curieux hors du cercle pour voir ce qui se passe ailleurs (autre tentation qu'il me faut réprimer)… Obliger donc chacun à n'être attentif qu'à la réalité intersubjective (objective) inscrite dans le présent cercle, aussi bien dans sa partie réelle déployée sous nos yeux que dans sa partie virtuelle située dans notre dos et, en miniature, dans les yeux d'autrui. Ce dédoublement attentionnel, d'abord considéré comme une prouesse, doit devenir très vite une habitude, et mieux encore, un automatisme, une seconde nature, un peu comme de savoir marcher, siffler, etc... Tant de choses me restent à apprendre !

La Chandelle a pris fin, sans que mes petites jambes aient été sollicitées. L'on a sans doute voulu, en ce tout "premier jour", m'épargner la dure épreuve du sable mou... Toujours assis en rond, nous revoici aux prises avec nos pelles, seaux et râteaux, tous concentrés sur notre petit monde... Mais d'aucuns, comme moi, dissipé par nature, risquent un œil hors du cercle, jusqu'à cette aire de sable là-bas, où, curieux défi à la pesanteur et déni de la bipédie hominienne, le grand *Dédé* marche sur les mains ! D'autres *grands* debout alentour, bras tendus vers le ciel, échappent à l'accroupissement général par la grâce de cette sphère légère qu'ils lancent et relancent en l'air en un va-et-vient incessant, s'efforçant (à ce que je crois comprendre) de la stabiliser à hauteur du soleil, sans jamais y parvenir. Ils ont beau le relancer du poing ou de la main, parfois du pied, le *ballon*, contrairement au soleil, retombe à chaque fois et s'immobilise dans le sable… Raoul a plongé dessus. Les autres *grands* restés debout se figent en position d'attente, mains sur les hanches, puis, voyant que le ballon ne *leur* parvient pas, s'affaissent l'un après l'autre de tout leur long à même le sable, comme abattus par une force invisible. La même force attractive qui plaque le ballon au sol ? Et voici qu'à son tour André Drapier, en appui vertical précaire sur ses mains, bascule en arrière, retombe sèchement sur le dos et demeure à l'horizontale sans plus bouger. La plage se trouve alors jonchée à perte de vue de formes plus ou moins allongées, assises, ou comme nous les *petits*, accroupies...

Phénomène sans doute périodique, l'affaissement général est de courte durée... Le mot *baignade* circule bientôt entre Babu et les deux monitrices. Celles-ci, délaissant un instant les *petits* à leurs pelles, seaux et râteaux, ont rejoint le grand Chef tout au bord de l'eau et tous trois examinent la mer d'un œil expert :

-*Elle* est agitée...

Agitée par qui ? Tantes YZ la jugent trop "mauvaise" pour que nous, les *petits*, puissions y patauger. La mer crache en effet à l'adresse de quiconque s'approche d'elle une écume hostile, agressive. Les *grands* seront peut-être autorisés à s'y baigner plus tard si elle se calme un peu ? c'est à Babu d'en décider. Le temps pour eux d'une nouvelle partie de ballon.

-But !

Tout bien considéré, le but de ces lancers plus ou moins aériens n'est pas – comme je l'ai cru un instant - de suspendre le ballon dans le ciel à côté du soleil, mais de marquer des points, ou *buts*. S'emparer du ballon et le contrôler n'a de sens (par exemple pour Raoul) que s'il s'applique ensuite à le lancer vers Jeanjean ou Dédé, de manière à ce qu'aucun d'eux ne puisse l'intercepter, et moins encore le renvoyer. À l'instar des "rondes" enfantines, anodines en apparence, mais qui ont pour fonction sous-jacente essentielle de détourner nos esprit des immensités spatiales et de les concentrer sur notre "petit monde", de même les jeux de balle et de ballon *jouent* très probablement dans l'existence humaine un rôle plus essentiel que ne l'imaginent les êtres qui s'y adonnent, ceux qui les regardent et même ceux qui les organisent. Le ballon (ou la balle) est tout bonnement une représentation en miniature de l'hypersphère illimitée qui, sous le nom de *monde*, baigne nos êtres de tous côtés... Au lieu d'être *englobé* par elle, le joueur a le *loisir* ici et le plaisir tactile, de s'en saisir, de la tenir quelques instants entre ses mains (ou ses pieds), éprouvant par surcroît la satisfaction morale de la maîtriser, d'en prendre conscience, *i.e.* d'en avoir au sens le plus concret du mot une plus juste com*préhension* ? (Simple suggestion)...

Une rumeur et un coup de sifflet là-bas... Les *grands* s'apprêtent à pénétrer dans cette immensité moirée, plissée, agitée sur toute sa largeur d'ondoiements descendants que résume de façon un peu courte le mot *mer* - certains disent *océan*. Elle gronde toujours autant à leur approche, mais le bruit qu'elle fait est si peu varié qu'on finit par ne plus s'en effrayer, ni même y prêter attention.

En toute première ligne, ce gros ourlet de couleur blanche, effrangé et bouffant par lequel les *baigneurs* l'abordent, André Drapier en tête... Tous piétinent la frange d'écume gaillardement, s'y enfoncent à mi-mollets, puis à mi-cuisses et de plus en plus haut à mesure qu'ils avancent. Certains se prennent les pieds dedans, basculent et plongent alors tête la première dans le bouillon blanchâtre, y disparaissent en tout ou partie, ressurgissent à mi-torse, agitent leurs bras en direction des personnes restées sur le rivage, disparaissent et réapparaissent à deux trois reprises, puis, au bout d'un quart d'heure maximum d'ébats aquatiques, resurgissent en pieds sur la plage, tout mouillés, et se ruent alors vers les serviettes !

Fin de la baignade ? Pas pour tout le monde. En effet, le grand Dédé (toujours lui !) au moment de sortir de l'eau s'est retourné et voyant la vague se ruer vers lui n'a pu s'empêcher de foncer dedans tête baissée, jusqu'à y disparaître en entier ! L'on n'aperçoit même plus le trou par où il est passé… Réaction immédiate d'oncle Babu : avançant dans l'eau et portant à sa bouche la pendeloque de métal gris qui orne son cou de façon permanente (un *sifflet*), il en tire aussitôt des salves de sons aigus, perçants comme des flèches ! Ces sortes de pointes que crachent ses joues gonflées et qui zèbrent l'espace de part en part, ont pour effet (voulu ou non) de tétaniser sur place la plupart des personnes présentes d'un bout à l'autre de la plage et de focaliser tous les regards sur un même point de l'étendue marine…

Après un temps d'hésitation, tantes YZ entrent dans l'eau à leur tour, au plus près de Babu, histoire de partager son anxiété monitoriale. Au même moment, hirsute, hilare, la tête d'André Drapier resurgit de l'eau là où on ne l'attendait pas, au grand soulagement de tous. Il agite bras et mains dans notre direction, mais ne semble pas pour autant vouloir regagner le bord…, disparaît à nouveau dans un repli marin, hors de portée des injonctions perçantes émises à son adresse de façon répétée par Oncle Babu !

Enfin le corps du plus costaud des *grands* sort tout entier de l'eau et s'en éloigne comme il y était entré, au pas de course ; pas assez vite toutefois pour échapper au coup de serviette cinglant qu'Oncle Babu lui décoche au passage sur les mollets !

Nouvel affalement général... Couchés ou assis à même la plage, tous les corps se sont immobilisés d'un coup, la plupart face à la mer. Selon moi, la planitude marine est pour beaucoup dans le nivellement auquel choses et êtres se soumettent en masse au bord de la mer. Mimétisme animal, végétal, ou même minéral ? L'idée peut alors venir à l'esprit de certains – moi par exemple - d'en profiter pour se soustraire quelques instants à l'immense hémisphère des réalités qui, se multipliant alentour, m'ont pas mal étourdi depuis ma venue au monde. Rentrer dans ma coquille ; faire le tour intérieur de ma boîte crânienne à l'exclusion de tout le reste ; retrouver, si elle existe encore, la sphérule originelle d'où mon être a jailli tantôt (et avec lui le monde)... Fermer les yeux pour voir si, des fois, l'abolition de ce dernier ne serait pas en mon pouvoir et toute apparition sous mon contrôle ?

Le noir qui en résulte n'est pas total. Difficile de soustraire ma sensibilité visuelle à la formidable pression qu'exerce sur elle, d'un bout à l'autre de l'horizon, et depuis pas mal de temps déjà, la triple écharpe ciel-mer-sable ; il en filtre des rayures arc-en-ciel à travers mes minces paupières. À quoi s'ajoute l'ambiance sonore : le grondement de la mer a pris du volume au moment même où je fermais les yeux sur elle ; images et sons jaillissent au revers de ma cloison frontale en un bouillonnement incessant dont je n'ai aucune peine à situer la source. L'odeur du large n'est pas en reste qui s'insinue plus que jamais au plus intime de ma personne via mes narines ouvertes - comme si le monde ambiant, soucieux de compenser le manque d'attention visuelle que je lui porte, décidait d'accroître sa pression sur mes autres récepteurs.

Nonobstant mes efforts de (re)concentration, je reste donc largement extérieur à moi-même. Hypothèse : le fait de m'être trop répandu au dehors depuis l'instant premier où j'ai vu le jour m'empêche à présent de m*e* recueillir en totalité - de *réintégrer* son cocon originel ? Il est vrai qu'au-delà d'une certaine étendue et durée d'épanchement au dehors la rétractilité originelle dans sa coquille du mollusque (aperçu tout à l'heure sur le sable humide) cesse d'être totale. Mon appartenance *au* monde serait-elle devenue irréversible...? Un sentiment d'exil étrange et douloureux m'envahit : le chemin de repli sur mon for(t) intérieur m'est à jamais barré !

Tandis que me croyant propriétaire des lieux j'arpentais l'espace-temps en toute insouciance (?), une sorte de pont-levis s'est relevé et sa lourde herse abattue dans mon dos ! Une douve profonde me sépare désormais de mon gîte initial... Non seulement le monde m'impose son omniprésence de tous les instant, mais manifeste à mon encontre une agressivité certaine : un choc brutal en pleine poitrine m'oblige en effet à rouvrir les yeux ! Un ballon m'est arrivé dessus que je n'ai vu venir, et que, de toutes façons, je n'aurais pu saisir au vol, repousser, ou même éviter, vu mon âge... Raoul vient le récupérer et m'admoneste :

-Dis, Lulu, va faire tes pâtés plus loin…

Autre moment très attendu de l'épisode balnéaire, le *goûter*... Tante Xavière - que l'on a très peu vue jusqu'ici - arrive à la plage porteuse d'un lourd panier plein à ras-bord, recouvert d'une serviette en vichy rouge... Elle en extrait les parts de chacun : une tranche de pain et une barre de chocolat par enfant... L'avidité avec laquelle je vois *petits* et *grands* enfourner cela, via leur bouche béante, me donne à penser qu'un vide important s'est creusé en eux, un petit ou grand *creux* dont, pour ma part et pour l'instant, je ne ressens pas les effets, ou si peu, mais qu'il m'apparaîtra peut-être *vital* de combler par la suite ? Il faut voir la béate expression des visages et l'espèce de flou voluptueux dont sont empreints d'un coup tous les regards, tandis que pénètrent en chacun les premières bouchées mixtes et bien mâchées de pain et chocolat !... Faire comme eux ? Introduire dans ma bouche quelque chose d'extérieur à ma personne continue m'apparaît pour l'heure non seulement superflu mais peu désirable... J'en ai déjà tant accepté par les yeux, par les oreilles, le nez ! Et même par la bouche (l'air ambiant). Est-il indispensable d'en rajouter ?... Mais la nécessité s'impose une nouvelle fois à moi de "faire comme tout le monde" ; et c'est dans un esprit délibéré de communion avec mes semblables, mais sans réelle envie, que je consens à faire entrer dans ma bouche ces deux échantillons solides de la réalité externe et que l'instinct me pousse à les mâcher, mâcher... Le morceau de pain plutôt mou se laisse aisément broyer entre mes dents dites "de lait", s'imprègne de sa salive, s'engloutit et descend sans trop de peine vers cette poche intérieure qui, s'ouvrant en moi confusément, paraît prolonger vers le bas, en deçà de ma façade, la cavité originelle de son mon for intérieur. Noire et dure, en revanche, la barre de chocolat ne se rompt qu'au prix d'un gros effort de mes mâchoires. Si j'allais m'y disjoindre celles-ci, ou m'y casser mes premières dents !... Voyant ma grimace et devinant mes difficultés manducatoires, Riri me tend une main secourable. J'y dépose discrètement le restant de la barre, c'est-à-dire la presque totalité de celle-ci. Riri l'enfourne d'un coup, la mastique onctueusement, s'en pourlèche les lèvres et les doigts et s'en trouve barbouillé bientôt jusqu'aux oreilles ! Dans le même temps, à mon heureuse surprise, l'éclat de chocolat déjà entré dans ma bouche, s'est mis à fondre spontanément, se dissolvant bientôt dans tout son être en une longue traînée aromatique qui me fait aussitôt regretter le gros morceau dont je me suis débarrassé un peu vite au profit de Riri. Le chocolat est quelque chose de *bon*. Bon à savoir pour la prochaine fois...

-Quelle prochaine fois ?

"*Les Lauriers sont coupés*" : jeu circulaire plus passionnant et plus complexe, moins enfantin que la Chandelle... Du reste, les *grands* et leur responsable, oncle Babu, décident de se joindre aux *petits*, c'est-à-dire d'entrer dans la ronde avec eux... et leurs trois monitrices (XYZ). Ce jeu ressemble en gros à la Chandelle en ceci qu'il focalise les attentions individuelles sur un centre virtuel, avec pour objectif de concentrer des individus au départ dispersés en un cercle collectif tourné vers l'intérieur et fermé sur lui-même, de manière à exclure peu ou prou le reste du monde, et notamment son bord extrême qu'est l'Infini... Un cercle protecteur que renforce, comme à la "Chandelle", une rotation plus ou moins continue de la plupart des participants. Différence en effet importante par rapport à l'autre ronde : le tourne-en-rond est assuré ici, non pas seulement par un, mais par l'ensemble des participants debout, main dans la main, et souligné par un refrain repris en chœur : *"Nous n'irons plus au bois"*... Un joueur (ou une joueuse) est toutefois désigné(e) pour occuper le centre du cercle, non pas en pénitence comme à la Chandelle, mais – statut beaucoup plus valorisant - pour y tenir lieu d'axe de rotation.

-Mais désigné par qui, pourquoi, comment ?

Quelques tours me sont nécessaires avant que je saisisse les subtilités du rituel en jeu... Au détour de la chanson (*"Embrassez qui vous voudrez"*), la ronde s'arrête pile et la personne au centre du cercle (Jeannette), jusqu'ici passive, entre en action... Après examen des participants qui l'entourent, elle se dirige vers quelqu'un de son choix (Riri), étale une serviette devant lui, s'y agenouille en même temps que lui, l'embrasse sur une ou deux joues, lui cède sa place au centre, serviette comprise et réintègre la ronde, laquelle reprend de plus belle : *"Nous n'irons plus au bois"*... Autre différence notable par rapport à la Chandelle : loin de craindre d'être surpris par derrière, on voit venir ici sa sélection de face et on la souhaite de tout son cœur. À l'actif de ce jeu noter encore ceci : tous les participants se tiennent debout, y compris le moyeu central de la roue tournoyante et chantante qu'est Riri après agenouillement... Sans hésiter longtemps, il choisit Virginia, laquelle prend sa place au centre de la ronde et, à l'arrêt suivant, se dirige sans la moindre hésitation vers moi (!), étale la serviette à mes pieds, me détache du cercle, s'agenouille et me force à plier les miens pour m'amener à sa hauteur, et - instant combien crucial ! – m'administre aux vues de tous un gros, agréable et retentissant baiser sur la joue gauche, le premier de mon existence ! J'en reste tout étourdi... Or c'est à moi maintenant d'être au centre de tous les regards, pivot d'un monde en rotation chantante... Être regardé ainsi de tous côtés par des enfants *grands*, *moyens* et *petits*, plus quatre grandes personnes, me fait naturellement "tout drôle" ! Mais plus impressionnant encore l'instant où tout le cercle s'immobilise ! Je sens d'un coup peser sur moi la responsabilité de quelque chose qui va bien au-delà du processus en cours ; une démarche rituelle mettant en jeu le fonctionnement même du monde, soleil compris ?... Théoriquement je sais ce que j'ai à faire : me diriger du centre vers la périphérie de ce système solaire en miniature et plus précisément vers quelqu'un de mon choix ; lui signifier alors ce choix par le cérémonial d'usage... Mais qui choisir ? Comment les distinguer les uns des autres à contrejour ? Le grand Dédé est facilement reconnaissable à sa silhouette, la plus haute et la plus carrée, adultes mis à part... Mais au moment de déposer la serviette à ses pieds, un cri réprobateur s'élève de tous les points du cercle et me retient d'extrême justesse de faire une grosse bêtise :

-Une fille ! une fille ! me crie-t-on de toutes parts.

Je comprends ma bévue et me dirige alors sans hésiter vers la plus grande et la plus belle d'entre *elles*, Tante Xavière. Tout le monde applaudit. Même à genoux, Tante Xavière me domine des épaules et de la tête, se penche donc vers moi, pose ses mains sur mes joues et m'embrasse sur le front par deux fois ! Après quoi, je réintègre la ronde. « *Nous n'irons plus au bois* »...

À propos de ces rondes, une ultime remarque : outre leur double fonction de recentrage communautaire (amener toutes sortes d'individus nativement enclins à l'enstase solipsiste ou à la dispersion extatique 1) à sortir d'eux-mêmes, 2) à tourner le dos aux attraits du spectacle *à la ronde* - ici la mer -, et 3) constituer sur place une sorte de super ego plus ou moins transitoire, n'ayant d'yeux que pour lui-même...), les dits rituels ont aussi pour fonction de tisser au sein de la communauté humaine - moins visibles mais non moins nécessaires spatialement et socialement parlant -, des liens intersubjectifs, mutuels ou unilatéraux, plus ou moins passionnés. C'est ainsi que la ronde enfantine ci-dessus est l'occasion pour Tante Zoé d'exprimer son attirance inavouée pour Oncle Babu, lequel n'en a cure et cache mal son inclination notoire pour Tante Xavière, laquelle, en mal de maternage, réserve son choix et ses baisers aux tout *petits* comme Riri et moi...

*

-Vos shorts, vos chemisettes !
-On remet ses sandales !
-Les seaux, les pelles, les serviettes...
-En rangs par deux !
On rentre au bercail... Deux groupes sont constitués : les *grands* partent en premier d'un bon pas, tandis que les *petits* vont suivre derrière à (plus) petite vitesse.
-En avant !
Le soleil, gros œil céleste à l'aplomb de l'étendue marine, n'a pas l'air, cette fois, de vouloir nous escorter, car cela l'obligerait à inverser sa course... Il s'arrête un instant, nous regarde partir, puis décide de reprendre le périple transocéanique qu'aucun des *grands* (pas même André Drapier) n'a osé accomplir, ni même songé à entreprendre...

L'idée de tourner le dos au soleil, à la mer, au grand Large, d'abandonner tout ce pan de réalité élémentaire ouvrant sur l'infini, bref de quitter la plage, fait naître en moi un sentiment confus et fugitif de désertion coupable, d'arrachement douloureux à quelque chose d'essentiel, sentiment qui n'est pas sans rappeler cette déchirure ressentie tantôt quand, désertant mon for intérieur, je me suis ouvert au monde *pour de bon* :

-Honte à moi !

On m'a placé en tête des "tout petits". Me voici attelé *manuellement* à mon équipière attitrée, Virginia, plus haute que moi d'une demi-tête. Je l'examine pour la première fois avec attention : un visage encadré de cheveux blonds bouclés ; petites taches sur le nez et les joues ; des yeux d'un gris-bleu profond aussi indécis que celui de la mer, aussi captivant…? Une pensée sidérante me traverse l'esprit : j'ai moi-même un visage qu'on peut dévisager de l'extérieur ; quel est son aspect ? de quelle couleur mes yeux...? Reportant mon regard vers le sol, j'y découvre nos deux ombres accolées, celle de Virginia plus grande et surtout mieux proportionnée que la mienne. Les pas qu'elle fait sont également plus grands que les miens. Elle m'entraîne à presser l'allure pour rattraper les *grands* partis juste avant nous, ou simplement ces ombres de nous-mêmes qui osent nous précéder…? Celles-ci, de plus en plus longues à mesure que le soleil s'éloigne dans notre dos, nous devancent d'un bon pas à chaque pas…

-Pas si vite en tête ! pas si vite ! nous lance-t-on de derrière.

Nous ralentissons et nos ombres font de même.

-Arrêtez, attendez !

Nos deux ombres s'arrêtent pile.

-Moi je marche sur ton ombre comme je veux, dit Virginia pour occuper ce temps d'arrêt. Joignant le geste à la parole, elle avance le pied gauche en oblique et piétine sans ménagement ma tête informe. Je n'ose lui rendre la pareille…

Une impression de déjà-vu…? D'abord ce bout de piste sableuse peu caractérisée au revers de la dune, puis de nouveau le même décor et les mêmes accessoires de part et d'autre du chemin : chardons, oyats, œillets, façades, palissades, arbustes, arbres, bouquets d'arbres, etc...

-Les *mêmes*, mais par rapport à quoi ? s'empresse d'intervenir mon (im)pertinente pensée.

Par rapport aux images emmagasinées dans ma tête au cours du trajet antérieur, dans l'autre sens, suis-je tenté de répondre.... Mais puis-je honnêtement comparer ces images mentales dont les contours flous et les couleurs passées traînent encore en deçà de mon front à celles, réelles, riches en détails et en contrastes, hautes en couleurs, qui me sautent aux yeux à présent ? Suis-je absolument certain d'avoir *déjà* vu ce toit-ci, ou cet arbre-là, cette branche-ci, cette touffe d'herbe là-bas, ce grain de sable, etc... ? Je ne le jurerais pas. Au sein de mon espace mental, *ci* et *là* se confondent ; toute localisation sérieuse est impossible… N'empêche que l'impression (le sentiment ?) de suivre le *même* chemin en sens inverse et d'y retrouver les *mêmes* réalités d'ensemble et de détail qu'à l'aller s'impose à mon esprit avec une force grandissante. Et ce qu'en disent mes compagnons de route va globalement dans le même sens. De l'avis général :

-On revient sur nos pas. On rentre à la maison…

Le chemin du retour ne pose aucun problème à Virginia, qui m'y mène d'une main ferme... Pour ma part, ce n'est pas sans plaisir que je *re*trouve, chemin faisant, les poches d'air parfumé stagnant dans les creux de dune. La *re*connaissance de telles odeurs est pour mon être intime plus persuasive que l'identification du déjà-vu. Ces poches aromatiques sont, me semble-t-il, plus nombreuses et plus capiteuses qu'à l'aller. L'ensoleillement durable de cette journée d'été y contribue sans doute. Il s'avère en tous cas que le déjà-vu, ou plus largement le déjà-vécu, est affaire d'impression subjective invérifiable beaucoup plus que le résultat d'une comparaison objective en bonne et due forme. Ce pourrait n'être qu'un *sentiment* d'origine mystérieuse auquel on se soumet par commodité ou paresse d'esprit, sans réfléchir ? Une simple idée que je me fais ? Et nul moyen valable pour moi d'en avoir jamais le cœur net ? Mais alors, dans le sens opposé, cette impression d'absolue nouveauté, d'étrangeté radicale, qui, pendant quelques heures, a imprégné si fortement ma perception du monde, n'était-elle pas tout aussi fallacieuse ? Elle pouvait résulter d'un travail insuffisant ou défectueux de ma mémoire et/ou de ma réflexion... Me méfier en tout cas de toute certitude hâtive en ce domaine ; dans un sens comme dans l'autre... Une chose est sûre : l'ouverture spatiale toujours plus grande dont j'ai bénéficié tantôt, et qui a connu son maximum face à ce qu'on nomme judicieusement "le Large" - cet agrandissement jusqu'ici constant de ma sphère de vécu - évolue à présent en sens inverse : elle rétrécit. Et ce rétrécissement inexorable me *serre* le cœur. C'est tout à fait normal...

À mesure qu'*on* s'éloigne du rivage et pénètre dans les terres, la végétation se fait plus dense, (re)prend de la hauteur ; arbres et buissons, mais également les haies, les palissades, et bientôt les maisons se (re)dressent à la verticale ; l'horizon se cloisonne à vue d'œil de part et d'autre de notre petite troupe. Seul le bout de chemin devant nous reste dégagé. Au-dessus de nos têtes, le dais bleu du ciel perd en surface comme en hauteur ; l'espace globalement se referme...

Outre le serrement de cœur, cette réversibilité de plus en plus patente du cheminement spatial antérieur provoque en moi une certaine déception. Je me suis en effet habitué à toujours aller de l'avant dans un monde de plus en plus large, où j'éprouve le plaisir (teinté d'appréhension certes) de découvrir du *nouveau* à chaque pas, pourquoi pas indéfiniment ? Parce qu'une progression infinie en avant ne peut déboucher que sur le vide et qu'une dilation illimitée du monde aboutit fatalement au néant ! Mais pourquoi ce retour en arrière, cette régression ? J'en ressens du désappointement, non moins teinté d'appréhension, d'angoisse même. Si le *jour* par où je suis venu au monde allait rétrécir et s'obscurcir jusqu'à sa nuit première ? Et si mon être allait s'y retrouver *étreint* au point d'y disparaître ; s'il allait retomber dans l'état d'indicible invécu qui fut le mien de toute éternité avant de voir le jour...?

Retour à la maison... Au terme d'un trajet jugé plus court qu'à l'aller (encore une impression ?), me (re)voilà devant une grande bâtisse toutes vitres dehors, (res)-semblant *étrangement* à celle que nous avons quittée tantôt pour aller en promenade. (Re)voici donc l'endroit où je pense avoir vu le jour quelque *temps* auparavant !? M'envahit tout à coup la certitude intime qu'en pénétrant à l'intérieur du bâtiment je vais me (re)trouver dans un grand hall central, d'où partent de nombreuses portes latérales, dont l'une, à droite, ouvre à coup sûr sur ce petit espace qu'est *mon* dortoir, local comptant une dizaine de lits métalliques, dont le *mien* (le troisième en partant de la gauche) et celui de Riri à côté du mien… La confirmation sans faille de ces anticipations renforce mon impression de déjà-vu (déjà-vécu) dans des proportions considérables !

-Dehors, dehors ! Les enfants dehors ! Personne dans la maison en dehors des repas. Combien de fois faudra-t-il vous le répéter ?

Tante Nelle, la Directrice du "Nid d'enfants", exige que nous quittions le hall pendant que l'on y dresse les tables.

Sur le perron :
-Qu'est-ce qu'on attend ?

L'on est *tendus* vers quelque chose que d'aucuns appellent *le dîner*, d'autres *le souper*... La chose tant at*tendue* devrait apaiser les crampes désagréables qui se manifestent depuis un moment dans les profondeurs de mon propre corps, à savoir mon ventre. J'y perçois en effet un creux inédit exigeant d'être comblé - un besoin de rassasiement dont un avant-goût m'a été donné au moment du goûter sur la plage, mais de façon très fugace alors...? Cette cavité ou poche intime, jusqu'ici ignorée de mon altière pensée, se dilate à présent dans des proportions inquiétantes, et se contracte avec une insistance qui m'incommode et m'incite à rester devant la maison plutôt qu'ailleurs dans le jardin, par exemple derrière, où du reste il est interdit d'aller (Tante Nelle), car le terrain est dangereux... Riri insiste, m'explique que l'endroit en question comporte une fosse fraîchement creusée, où l'on s'amuse beaucoup, et finit par m'y entraîner, histoire de passer le temps... Une tranchée profonde, apparemment connue de tous sauf moi, j'ai beau fouiller ma mémoire.

-Le "Saut de la Mort" !

Le jeu consiste à se laisser tomber au fond du trou, pieds les premiers, d'en ressortir ensuite le plus vite possible pour laisser la place au sauteur suivant. Je me trouve bien *petit* pour un tel exercice ; la profondeur du trou excède ma taille... Je crains surtout de ne pouvoir, une fois au fond, en ressortir par mes propres moyens. La prudence me commande de me tenir à l'écart de ce gouffre, mais trop tard : une poussée dans mon dos, une étincelle et un bruit sourd, me voici à quatre pattes au fond du trou ! du sable plein la bouche et les narines ! Je m'essuie, me relève, tente alors d'escalader la paroi abrupte, agrippe des pointes de racines, qui, trop friables, me restent entre les doigts... Une masse brutale me tombe dessus, nouvelle étincelle ! Deux mains s'emparent alors de ma personne au niveau des hanches, puis des fesses, et me propulsent vers le haut, où une main secourable me saisit et me tire hors du trou. Je retourne flageolant devant la maison. La cloche sonne...

-Ding ! ding ! ding !

Le grand hall avec sa futaie de piliers alignés et cette lumière de plus en plus dorée qui tombe des vitrages aériens. Une demi-douzaine de tables ordonnées en deux rangées ; sur chaque table un double alignement d'ustensiles qui me rappellent, en plus petits, les seaux, pelles et râteaux éparpillés tantôt autour de la maison, mais aussi à la plage... J'erre entre les tables, indécis...

-Lulu, par ici !

On me conduit jusqu'à l'une d'elles ; on m'installe au bout d'un banc. En face de moi, déjà assise, les deux mains bien rangées de part et d'autre de son assiette, ma copine de promenade aux boucles d'or et aux yeux bleus, Virginia. Je m'empresse de l'imiter...

Jamais les grandes personnes, *debout*, ne m'ont paru si grandes ! Allant d'une table à l'autre, elles transportent par équipe de deux une espèce de grand seau (ou *marmite*), d'où sort une abondante vapeur, en extraient périodiquement une énorme cuillère (ou *louche*) emplie d'un liquide coloré, parfumé et fumant (le *potage*), qu'elles versent successivement dans nos assiettes. Arrivée à ma hauteur, Tante Zoé s'étonne d'y trouver deux assiettes, une de trop, compte et recompte, s'interroge et questionne les autres enfants au sujet de la place restée vide à ma droite, et lance alors à la cantonade :

-Où est passé Riri ?

Silence perplexe, puis murmures qui se veulent indicatifs… Des portes claquent de tous côtés, notamment celles du fond. Toutes les grandes personnes s'y engouffrent, disparaissent en abandonnant sur place les marmites fumantes ! Il s'ensuit un silence inquiet, les cuillères en suspens, puis un soudain brouhaha. Une agitation un peu démente explose à la table des plus *grands*. André Drapier monte sur son banc, et debout, au milieu d'applaudissements nourris, nous fait un grand discours, incompréhensible pour mes jeunes oreilles, mais qui sonne haut et fort… Le grand Dédé saute en bas du banc et se met à courir en zigzag entre les tables. Un autre *grand*, Gérald, se lance à sa poursuite, et Jeanjean leur emboîte le pas. D'autres grands et moins grands - dont j'ignore les noms - quittent leurs places pour circuler ainsi, dans tous les sens, d'un bout à l'autre du hall. Un désordre contagieux !

-*Haut-les-mains* ! claque à mon oreille.

Un objet noir menaçant se trouve pointé sur ma tempe droite par un garçon *moyen* dont le nom, sinon le visage, m'est inconnu. Blague ou pas, j'ai plutôt l'impression que la situation est critique, qu'il me faut donc réagir au plus vite et dans les règles, mais ne sais trop comment…? Je cherche du regard ma secourable amie de l'autre côté de la table, "Boucles d'or". Elle esquisse à mon intention les gestes à exécuter en pareilles circonstances : bras dressés le plus haut possible au-dessus de ta tête, mains ouvertes, doigts écartés, strictement immobiles… Je m'exécute.

La porte du fond du hall s'ouvre à double battant et le silence se rétablit d'un coup à toutes les tables. Les *grands* qui les avaient quittées regagnent leurs places sur la pointe des pieds.

-Cela devait arriver !

(Du même coup, le cylindre noir a quitté ma tempe et disparu aussi vite que son détenteur ; je baisse les bras...)

-Je l'avais dit, cela devait arriver ! clame haut et fort la directrice (Tante Nelle).

Tous les regards se tournent vers elle. Tante Zoé qui l'accompagne pousse devant elle un grand garçon tête basse : Raoul !

-C'est terrible, TERRIBLE ! crie Tante Nelle d'une voix perçante qui emplit tout le hall jusqu'aux verrières et me vrille les oreilles... Prenant Raoul par les cheveux, elle lui relève la tête d'une gifle retentissante, aussitôt suivie d'une seconde…! Oncle Babu entre en scène à son tour, silencieux, les bras chargés d'un petit corps flasque, terreux, marbré de bleu, de noir, taché de rouge, dans lequel, à distance, je crois reconnaître Riri… Une rumeur se propage en tanguant d'un bord à l'autre du hall, un paquet de mots qui se mue dans ma tête en une image d'abord floue, puis plus précise et finalement indélébile : Riri au fond du trou, comme moi tout à l'heure, incapable comme moi d'en ressortir par lui-même ; le grand Raoul plongeant alors au fond du trou, non pour aider Riri à remonter, mais pour le piétiner de tout son poids, une fois, deux fois, trois fois…!!!

*

-On ferme les volets…
L'espace a rétréci. On nous a fait dîner sans cérémonie avant de nous pousser, ventres à peine pleins, hors du grand hall par petits groupes obéissants jusqu'à nos dortoirs respectifs.
-On ferme la lumière...
Celle du dehors pénètre encore en fines rayures par les interstices des volets fermés, mais son pouvoir d'infiltration a beaucoup faibli par rapport à… ? L'obscurité noie graduellement le mur d'en face, le plancher, les deux rangées de lits, celui vide de Riri sur ma gauche, et bientôt le pied même du mien.
-On ferme les yeux et on s'endort…
Bien que privé d'espace, quelque chose continue de s'agiter en moi, tourne en rond dans ma tête, refuse de se tenir tranquille : mon attention visuelle… Répandue si

généreusement au dehors durant le jour, elle refuse de se soumettre d'emblée au complet repliement que l'on exige d'elle. Cédant à ses instances, je rouvre les yeux deux ou trois fois pour qu'elle constate par elle-même qu'il n'y a plus grand chose à faire dehors à cette heure-ci, plus rien à voir dans la nuit noire… Elle prétend se satisfaire du mince rai de lumière qui filtre au bas d'une porte, finit quand même par se lasser et me rejoindre dans mon for intérieur, au revers de mes paupières closes...

-On ferme la bouche et on se tait !

Me voici à nouveau seul, ramené à cet espace embryonnaire où tout a commencé pour moi tantôt... Je redécouvre avec plaisir cette cavité douillette, intime, imprudemment quittée pour "voir le jour" et parcourir le monde (il y a de cela...?), cavité qu'à plusieurs reprises j'ai tenté de réintégrer, en vain ; la mobilité d'esprit requise pour effectuer de telles navettes *dedans*←→*dehors,* pôles essentiels de mon vécu, m'ayant fait défaut… Le *dehors* par son volume croissant l'a très vite emporté sur mon minuscule *dedans*, l'a en quelque sorte aspiré tout à lui ! Constat tardif, que ma pensée commente de la façon suivante :

-Étonnante impuissance de l'être-au-monde à rentrer dans sa coquille une fois dehors, et s'y maintenir une fois dedans...

Difficile de fermer les yeux en plein jour. De là à penser qu'il existe en ce monde une force cyclique naturelle, qui, associée par exemple au parcours du soleil dans le ciel, impose son ordre aux vivants, son rythme implacable, sa tyrannie centrifuge ? Simple hypothèse… Si j'étais parvenu à rentrer en moi-même deux ou trois fois durant le *jour* pour faire vraiment le point, les choses se seraient peut-être passées autrement, mieux passées ?... Et mieux passées pour qui ? Pour moi ou pour le monde... ? Pour moi, bien sûr ; de façon plus conforme à mes vœux. Me recueillir deux ou trois fois durant le jour m'eût permis de rétablir un certain équilibre entre ma réalité et celle du monde. Le séjour sur la plage s'y prêtait... Peut-être eût-il suffi que je m'écarte un peu des autres êtres, me retire de ces divers jeux et rondes collectifs (coercitifs), et ferme les yeux quelques instants sur la réalité ambiante... et prenne un ballon en pleine poire !? Ramener tout l'être à soi n'est sans doute pas plus difficile qu'emplir son seau de sable en deux, trois coups de pelle...

-Lulu, on t'a dit de te taire.

Mon espace intérieur résonne et luit encore quelques instants d'échos sonores et de résidus lumineux du dehors, que l'occultation la plus stricte ne peut réduire d'un coup ; il y faut *du* temps. Quand j'aurais fait complètement silence à l'intérieur de ma tête et chassé de mon esprit les dernières impressions visuelles du monde extérieur, je vais probablement sombrer dans...? me résorber dans l'invécu le plus profond, le plus total !? Cette idée qui me vient (d'où vient-elle ?) que ma *chute* n'implique pas forcément celle du monde, que le monde peut et va continuer d'exister *sans moi*, c'est-à-dire indépendamment de mon être...? Drôle d'idée et drôle de dégringolade par rapport à mes convictions initiales !

Cependant - stratagème pour gagner du temps ? - je me sens tout à coup enclin et même astreint à revenir en arrière mentalement sur l'expérience vécue *ce jour* afin d'en dresser le bilan, et d'en tirer quelques leçons pour... le futur… Comme si j'avais la certitude - l'intuition ? - d'une autre vie par-delà la nuit qui tombe, d'un resurgissement conjoint du soleil d'entre les troncs des pins où il a disparu côté mer, et d'une résurrection globale de nos petites personnes d'entre les lits où l'on nous a pourtant bordés jusqu'au menton, les bras le long du corps, dans une posture figée horizontale qui se voulait funéraire, c'est-à-dire définitive ? Drôle d'idée en effet. Le Soleil (ou un autre soleil ?) décidant d'effectuer un second périple dans le ciel ? Me retrouver moi-même ici un *autre jour*, dans le même décor, en compagnie des mêmes personnes, petites et grandes, en proie aux mêmes activités, sensations et agitations ? Quelle idée saugrenue ! Cela en vaudrait-il seulement la peine ?... À peine moins saugrenue l'idée de (re)voir le jour en un monde radicalement autre. Et d'ailleurs, à quoi *bon* ? Le bilan que je fais de mon court passage ici-bas n'incite guère à la récidive…

Bilan très mitigé. Le bon côté des choses : ce sifflotement aérien que Riri n'émettra plus jamais dans le lit vide à côté du mien ; sifflotement que je reste incapable de produire par moi-même. Serais-je *venu au monde* si ces perles sonores ensorceleuses ne l'avait animé ?... L'autre (mauvais) côté des choses : ce goût terreux terrible que je garde en bouche de ma chute au fond du trou ; et cette violence physique qui a marqué la fin de la journée ! Tout cela ne plaide guère en faveur d'une reprise...

-Mais à quel étalon te référer au juste pour juger courte, moyenne ou longue la durée de ton séjour ici-bas ? intervient ma pensée toujours à l'affût.

Innombrables en tous cas les moments qui l'ont constitué… Et plus nombreux encore les battements dont mon cœur a ponctué le déroulement du temps. Je découvre derrière moi (ou sous moi ?) un amas de vécu substantiel, un tas non négligeable d'instants, comme lorsqu'on laisse couler le sable entre ses doigts grain à grain sur la plage… J'en ai fait l'expérience plusieurs fois là-bas, attentivement, espérant sans doute en extraire quelque vérité *primale* qui, finalement, n'est pas venue… Au total, que de choses enregistrées en ce jour par mes yeux, mes oreilles, mon nez, mes papilles gustatives..., des choses plaisantes, d'autres déplaisantes, la plupart neutres, jamais indifférentes ; je serais bien en peine de (me) les repasser toutes… Sans doute était-il temps que cesse une accumulation de sensations, sentiments, réflexions, actions et réactions, évènements et avènements aussi peu contrôlables ? D'autant moins désirable la prolongation du *jour* qu'après avoir été prodigue en nouveautés visuelles et sonores de toutes sortes, il s'est montré à court d'inventions en fin de journée, réduit à recourir au déjà-vu, à la *re*dite, à la *re*présentation, ces signes avant-coureurs d'une insipide et inexorable *routine*...

La vue et l'ouïe ont constitué, *ce jour*, mes deux grandes ouvertures au monde. Du côté du goût et de l'odorat mes sensations ont été moindres, plus ténues, mais plutôt agréables, et mémorables… Ce goût de chocolat par exemple, écourté de mon propre chef au profit de Riri ; l'astucieux et mélodieux Riri, cependant si fragile ! Et ces parfums de plantes captés fugitivement le long du chemin. J'en retiens particulièrement celui si subtil distillé par l'œillet des dunes en plein soleil ! (si l'occasion m'était donnée d'être à nouveau en sa présence, je le reconnaîtrais entre mille, et ce serait avec plaisir)... Inoubliable aussi l'énorme et multiple sensation éprouvée en présence de la mer ! Ce déferlement sensoriel fondant sur nous du fond du monde, d'un coup, au sommet de la dernière dune ! Rumeur, odeur, saveur, couleur, fraîcheur inextricablement mêlées. Et tout cela, pourtant, d'une grande simplicité visuelle : ciel, mer, sable... Et cette agitation diverse et incessante que mon regard ne pouvait embrasser dans sa totalité, même en écarquillant les yeux. Réalité beaucoup trop vaste pour l'embrasse sensorielle et intellectuelle d'un *petit* comme moi ; immensité vertigineuse dont il a bien fallu du reste nous protéger en nous mettant en cercle et en nous occupant à divers jeux de plage, plus ou moins captivants, rondes de toutes sortes, dont "la Chandelle", "les Lauriers sont coupés" tout à fait mémorables... Mais pourquoi nous emmener à la mer, si c'était pour lui tourner dos les trois-quarts du temps !? Les *grands* s'y sont baignés...

À propos de *grands*, ai-je lieu de regretter un monde où de telles différences physiques existent entre les êtres, les *petits* et les *grands* ; entre ceux-ci et les adultes...? Être grand et fort comme André Drapier et ses copains (pour ne pas parler d'oncles Erik et Babu), ou faible et petit comme Riri et moi, quelle inégalité (tant physique que sociale) ! Est-ce compatible avec l'idée qu'on peut se faire d'un monde équitable où il ferait bon vivre pour tout le monde... ? Il est probable qu'à la place d'André Drapier ou d'Oncle Babu j'envisagerais sans déplaisir d'être au monde pour un jour de plus, voire plusieurs, ou même un cycle indéterminé de jours successifs, si l'occasion s'en présentait… ?

Pour en revenir aux aspects les plus négatifs de mon passage ici-bas : la grêle de coups qui, pendant la sieste, se sont abattus sur mon voisin de lit, Riri, alors qu'il m'initiait très gentiment à la mystérieuse pratique du sifflotement buccal (ne pas avoir appris cela restera un des grands regrets de mon passage en ce monde). Un peu plus tard au cours de la promenade : les désagréments de l'air chaud pénétrant librement par ma bouche et mes narines et ceux causés tout au long du chemin par les débris végétaux (chardon et autres) s'introduisant dans mes sandales. Enfin et surtout - j'y reviens avec réticence - cette excitation malsaine, ce tour empreint de fureur et de brutalité qu'ont pris les évènements en fin de journée : ma chute au fond du trou derrière la maison ! ce *pistolet* noir braqué sur moi ! ces claquements de porte, ces courses folles en tous sens, ces cris, etc...! Jusqu'à ce paroxysme de violence inscrit dans mon for intérieur en une image indélébile : la Directrice (Tante Nelle) prenant le grand Raoul par les cheveux, lui déportant la tête sur le côté d'une formidable gifle et la lui remettant en place d'une seconde gifle aussi violente en sens inverse ! Je ne peux surtout empêcher plus longtemps ma pensée de revenir en imagination là-bas, derrière la maison, à ce trou mortel au fond duquel je vois, comme si j'y étais moi-même, Riri gisant tout disloqué, et, - vision toute aussi nette quoique fondée sur le seul ouï-dire -, le grand Raoul s'acharnant à sauter dessus, pieds les premiers, à ressortir du trou, et ressauter dedans, de tout son poids, de toute sa taille, de toute la hauteur du trou, implacable marteau-pilon...! Reste enfin à me demander pourquoi un tel *jour* a troué la nuit des temps en mon nom personnel ; cela s'est-il déjà produit ? cela peut-il se reproduire ? Cela en vaudrait-il la *peine* ?

*

III

Je m'éveille soldat au revers d'un talus... Des dizaines d'autres hommes courent en tous sens, de tous côtés, vêtus comme moi du treillis de combat. Des ordres fusent, s'entrecroisent... Là-bas, à l'ombre parcimonieuse de ce qui semble être une oliveraie, des camions sont à l'arrêt, moteurs en marche, prêts à partir... Les soldats se hâtent d'y grimper...

« Qui suis-je ? Où suis-je ? Que se passe-t-il…? » Rassembler sans tarder mes esprits, faire le point de ma situation, et à défaut d'y parvenir dans l'immédiat, faire comme tout le monde ici : rejoindre au plus vite le plus proche camion.

-Poussez-vous un peu, les gars ! dis-je à la douzaine d'hommes entassés sur deux banquettes en vis-à-vis, fusils entre les jambes, à l'arrière de ce qui me semble être un Dodge 6x6. Les *gars* se serrent sans protester mais non sans réticence, comme gênés par ma présence. Suis-je de trop parmi eux, me suis-je trompé de véhicule ? Contrairement aux soldats qui m'entourent, je n'ai pas de fusil, mais porte un pistolet à la ceinture. Qu'en conclure...?

-*Mon lieutenant*, vous ne montez pas l'avant ?

La question s'adresse à moi. Elle émane d'un soldat sans arme en bas du camion, le chauffeur probablement.

Il tient à demi relevé ce battant arrière horizontal qu'on nomme (si ma mémoire est bonne) *hayon*, et fixe sur ma personne un regard intrigué, comme s'il attendait de moi une réponse adéquate. Je suis surpris par son aimable proposition :

-Une place pour moi à l'avant ?

Les lèvres du chauffeur esquissent un sourire entendu, que tempère une lueur d'anxiété, ou du moins de per-plexité dans le regard, qu'il dirige à présent vers les autres soldats, en quête d'appui. Puis, levant à nouveau les yeux vers moi :

-Votre place, *mon lieutenant...*

Je pointe un index dubitatif sur ma poitrine ? Le même air ambigu, mi-figue, mi-raisin flotte sur tous les visages autour de moi. D'un coup d'œil oblique, et en louchant un peu, je découvre en effet un double galon doré de lieute-nant d'infanterie sur mon épaule droite, grade que me confirme un coup d'œil symétrique lancé à celle de gauche.

-Eh bien, c'est mieux comme ça, dis-je en sautant en bas du camion. (C'est mieux pour tout le monde)...

Et d'aller m'installer à l'avant dans la cabine du conduc-teur à la place qui me revient en tant qu'officier ; siège rembourré, dans le sens de la marche (c'est beaucoup mieux comme ça !)… Le chauffeur se met au volant et, comme soulagé d'un poids, embraye aussitôt la première.

Tandis que, démarrant, le camion nous transmet ses premières vibrations et s'intègre, non sans mal, à la co-lonne des autres véhicules, je devine qu'un même soula-gement a gagné, dans mon dos, la douzaine de soldats entassés sur les peu confortables banquettes en vis-à-vis ; des soldats qui, selon toute vraisemblance, constituent la "section" sous *mon* commandement ? Je ne suis pas fâché moi-même de voir les choses se (re)mettre aussi vite en place, et en ordre de marche.

-Qui suis-je ?

Question en partie résolue : un officier à deux galons, lieutenant, chef de section, dans ce qui paraît être de l'infanterie "portée". Reste à savoir si je suis militaire *de carrière* ou si j'appartiens à ce qu'on appelle *le contingent*. Autrement dit, suis-je *engagé* dans cette affaire à titre volontaire, ou m'y trouvé-je *mobilisé* contre mon gré…? De prime abord, je ne me sens guère l'âme militaire, mais va savoir ? La question reste pour l'heure en suspens...

Nous roulons en un long convoi sur une piste imprécise au milieu d'un paysage plutôt aride, inesthétique, peu caractérisé. Bercé par les cahots et gagné par le ronronnement régulier du moteur, je m'abandonnerais volontiers à une douce somnolence, n'étaient ces questions qui subsistent dans ma tête et me tarabustent au sujet de *ma* situation :

-Où suis-je ? Que se passe-t-il ? (Prendre garde qu'un petit somme prématuré n'efface le peu d'informations que je viens juste de recueillir *à mon sujet*)…

D'où ce nouveau coup d'œil à mes deux épaulette pour *me* confirmer dans *mon* grade de lieutenant ; constat que corrobore le port du pistolet à ma ceinture. Mais encore ? Guerre ou service militaire ? Opération en cours, ou grandes manœuvres…? Le poids du pistolet sur ma cuisse droite me fait penser qu'il est chargé de balles réelles. J'en ouvre l'étui à tâtons, dégage un peu la crosse, puis, toujours à l'aveuglette, presse le bouton qui libère le chargeur, et d'un doigt instinctif caressant ses lèvres (avec un savoir-faire inné qui m'étonne autant qu'il me réjouit), j'y décèle la présence d'une balle ; et, de la forte pression que je dois exercer sur elle pour l'enfoncer, je déduis qu'un grand nombre d'autres balles (huit en principe) se trouvent comprimées en dessous, un plein chargeur !

Nous voici donc probablement en *temps de guerre*. Mais où et quand cette guerre…? Le paysage défilant de part et d'autre du véhicule ne me *dit* pas grand-chose. Aussi peu éloquent est le soldat sans grade à mon côté. Le respect hiérarchique lui commande sans doute de ne pas entamer la conversation, car c'est à *moi*, son supérieur, d'en prendre l'initiative. De nombreuses questions se pressent dans mon esprit et sur mes lèvres *au sujet* de ma situation ; mais j'hésite à les poser, car les formuler sans détours pourrait raviver dans l'esprit du chauffeur la suspicion inquiète qui s'y est manifestée tout à l'heure à *mon* sujet. Tout le monde dans la colonne - au premier chef les officiers - est censé connaître la contrée où l'*on* roule, l'opération qui s'y déroule, l'endroit dont l'*on* vient, et l'objectif qu'*on* souhaite atteindre, etc... *Je* suis bien le seul à ignorer tout ça.

Monotones d'un côté de la piste comme de l'autre, des mamelons de terre jaune à la végétation très rabougrie... Tout de même à présent sur la droite, cet arbre a quelque chose de familier pour mon cortex ? Un olivier, bien sûr. Le petit bagage de mémoire que consentent à me déballer mes neurones cérébraux à mesure que nous avançons me désigne cet arbre comme un *olivier* ; puis un second, et un troisième, toute une rangée, toute une plantation d'oliviers à flanc de colline...

-*Liban*, *Grèce* ou *Turquie* ? *Espagne* ou *Portugal* ? *Tunisie*, *Algérie*, *Maroc* ? ou tout bonnement *Provence* ? sont des noms qui me viennent à l'esprit.

Consultant le champ de connaissances jusqu'ici limitées que veut bien me fournir ma mémoire en matière agricole et géographique, j'y relève que l'aire de culture de l'olivier est très répandue autour de la Méditerranée. Seule certitude en la matière : la contrée où nous roulons se situe dans le Sud.

Mais voici qu'au détour du chemin une petite construction d'un blanc éclatant projette dans mon cerveau une nouvelle clarté :

-Une incontestable *mechta* nord-africaine !

La spontanéité avec laquelle le mot *mechta* m'est venu à l'esprit (et au bout de la langue) a valeur de confirmation… Et cet homme à présent, debout, immobile, dans l'ombre de la mechta, absorbé à nous regarder défiler, camion après camion...? Et cet âne par surcroît, à son côté, qui lui aussi observe notre convoi, mais de profil... ? Tout cela s'inscrit dans un contexte dont je commence à percevoir la position et les contours géographiques. J'identifie sans hésiter le *chèche*, la *djellaba*, le *bourricot*..., autant de mots qui me viennent à l'esprit spontanément et me *disent* quelque chose. Leur synthèse rapide au niveau de mon cortex resserre considérablement l'aire de ma mise au point spatiale. Le mot *Maghreb* me vient au bout de la langue ! J'ai même déjà une petite idée plus précise du pays où nous sommes, mais décide de ne l'adopter pour de bon qu'après avoir relevé d'autres indices en ce sens... Reste d'ailleurs à déterminer l'époque où ces choses se situent, en quelle guerre coloniale ou conflit international le *lieutenant* que je suis, la *section* que je commande, la *compagnie*, le *bataillon* ou *régiment*, l'armée peut-être, dont je relève, se trouvent engagés ? Me reportant à l'encyclopédie compacte que ma matière grise met progressivement à ma disposition, et l'ouvrant au chapitre de la chose militaire, j'y apprends que le casque américain - dont j'ai pu constater, tout à l'heure, que tous *mes* hommes le portent (le chauffeur et moi, mieux protégés dans la cabine, nous contentons du simple calot) - a équipé tant d'armées et d'expéditions guerrières durant un demi-siècle (le vingtième en l'occurrence) qu'on ne peut en tirer une datation précise de l'opération en cours. Quant au camion qui précède le nôtre, il serait (selon les mêmes sources) de type *GMC*, donc de provenance *US*, de même le *Dodge 6x6* qui nous transporte et nous ballotte, *ma* section et moi...

Tout ceci est *bon à savoir* mais ne me permet pas encore une localisation très fine sur l'axe temporel de l'histoire contemporaine, car, *autant que je sache*, l'armée française (?) a utilisé ce matériel roulant américain de 1943 à 1960, voire au-delà, un laps de temps considérable. Pour cerner de plus près l'épisode actuel, le livre ouvert dans ma mémoire me propose cette première donnée : *Durant l'été 1943, les troupes Alliées venant du Maroc et de Libye, dont des détachements de la France Libre, convergent sur la Tunisie pour en chasser les troupes allemandes de l'Afrika Korps commandées par le général Rommel (par la suite Maréchal)...*

-Ce Rommel tout de même, quel renard ! dis-je au chauffeur à titre exploratoire.

-"Le Renard du Désert", me répond-il sans hésiter. Et d'ajouter : J'ai vu le film pendant ma dernière *perme*.

Tiens, tiens, un film, et non la chose réelle...? Mon

coup de sonde a donc porté trop loin dans le passé. Et de fait, inspectant plus avant les données de base d'histoire récente inscrites dans ma mémoire, j'y apprends que le film sur Rommel a suivi de dix bonnes années la fin de la seconde guerre mondiale. Sa citation par le chauffeur exclut donc que l'opération en cours se situe à cette époque. Selon que le film a été vu en première exclusivité (1953) ou à l'occasion d'une de ses nombreuses (re)-diffusions à la télévision, la limite supérieure de localisation du moment présent pourrait varier de deux ou trois décennies, c'est considérable ! D'où la nécessité d'un second coup de sonde, ou en termes militaires, un second tir d'essai : *Au printemps 1983, les Libyens du colonel Kadhafi fomentent des troubles dans le sud tunisien et font intervenir leur armée pour s'emparer du pays tout entier, lequel en appelle alors à la France et à la communauté internationale pour sa défense ; la courte guerre qui s'ensuit voit la déroute de l'agresseur...*

-Ces Libyens tout de même, ce fou de Kadhafi !? dis-je au chauffeur.

Mais cette fois il ne réagit pas, sinon en glissant vers moi un coup d'œil interloqué, vaguement inquisiteur. Fronçant le front et rapprochant ses sourcils broussailleux, il semble concentrer toutes ses forces intellectuelles sur ce nom que je viens de lancer au hasard et qu'il entend sans doute pour la première fois. « *Kadhafi, Kadhafi...?* » L'expression inquiète de tout à l'heure réapparaît sur son visage. À l'évidence, mon second tir d'essai, trop court de quelques années (voire décennies) a porté très en deçà du moment présent, dans un futur encore virtuel, peut-être même hypothétique ? Je me décide à faire silence quelques instants, le temps que se dissipe au fil des prochains kilomètres la mauvaise impression que ce nouvel impact a pu produire dans la matière grise de mon compagnon de route.

Nous roulons côte à côte, dans un silence plus pesant qu'auparavant, ce qui n'est pas peu dire...

-Pour autant qu'un lieutenant d'infanterie est censé s'y connaître en réglage d'artillerie – intervient alors ma pensée - tu dois savoir qu'après un tir trop court suivi d'un tir trop long (ou l'inverse) le coup suivant, s'il est bien ajusté entre les deux, peut "taper dans le mille" ! Essaie donc ceci : *Au début de l'été 1956, le chef du gouvernement français, Guy Mollet, visiblement dépassé par la tournure des "évènements d'Algérie", décide d'y envoyer le contingent d'appelés et certaines catégories de réservistes, notamment de jeunes officiers et sous-officiers, dits "rappelés", pour combattre les rebelles algériens ou "fellaghas". L'opération de maintien de l'ordre se transforme assez vite en une véritable guerre...*

-Ces sacrés fellaghas tout de même ! Qu'est-ce qu'ils nous font courir ! dis-je au chauffeur.

Sa réponse est immédiate :

-Ah, les *fellouzes...* ! Les *fellouzes,* à pied, sont plus mobiles que nous dans nos camions.

Tir au but ! Félicitations ! L'espèce de dictionnaire Larousse du XXème siècle qui, au compte-gouttes, me livre ses connaissances à partir des replis de ma matière grise, m'en apporte la confirmation : « Fellaghas, *ou de façon un peu péjorative* fellouzes, *noms donnés aux rebelles algériens luttant pour l'indépendance de leur pays* ; fellaghas, *nom de guerre qu'eux-mêmes revendiquent...*»

- Les fellouzes - enchaîne le chauffeur sur sa lancée -, les fellouzes connaissent mieux le terrain que nous, car après tout, ils sont chez eux, et nous, on serait mieux chez nous !

Sur quoi il s'arrête net, ravale sa salive, resserre les lèvres, comme si ce dernier bout de phrase lui avait échappé. Et voilà d'un seul coup tarie cette source d'informations qui m'a semblé un court instant couler d'abondance. Mais cela n'exclut pas, de ma part, quelques réflexions et conclusions utiles à ce sujet : soldat *appelé* de seconde classe (aucun galon visible), mon chauffeur ignore ce que l'officier que j'incarne pense au fond de la guerre en cours et doit donc éviter d'en dire trop...

Guerre d'Algérie : du peu que j'en sais (?), elle prête à controverse... S'agissant de moi, comment savoir à quel titre et de quel gré (bon ou mauvais), je m'y trouve *engagé* ? J'ai beau m'ausculter, sonder mes reins, mon cœur, ma matière grise...? Il est quand même paradoxal que mon chauffeur en sache à ce sujet (à *mon* propre sujet) plus que moi !

Un semblant de certitude quand même prend forme dans mon esprit : le (trop) bref mais significatif échange verbal que nous venons d'avoir m'incline à *me* considérer comme militaire *du contingent* plutôt que *de carrière*, à savoir officier *de réserve* sans doute rappelé ici contre son gré "du fait des évènements", donc a priori *opposant* à cette guerre, plutôt que jeune lieutenant d'active, avide d'avancement, donc favorable à celle-ci. Mon raisonnement est le suivant : même s'ils ont tourné court, les propos militairement critiques et peu patriotiques lâchés par ce simple soldat qu'est le chauffeur l'ont été en connaissance de cause, c'est-à-dire en sachant que son interlocuteur, tout officier qu'il fût, était comme lui *mobilisé* à son corps défendant, et non pas volontaire.

Cette déduction logique corrobore du reste mon sentiment intime, emporte donc ma conviction : je ne suis pas
pour la guerre d'Algérie ; je suis dans l'existence bien
plus civil que militaire... Mais l'effet le plus important de
ce troisième *tir* est d'avoir mis dans le mille, et de pouvoir ainsi améliorer la *mise au point* de mon positionne-
ment dans l'espace-temps universel :

-J'y suis ! J'y suis ! Jeune officier de réserve, *rappelé*
d'urgence en Algérie par le gouvernement socialiste de
Guy Mollet sous le prétexte fallacieux de maintenir
l'ordre dans un soi-disant département français en proie à
des actes de banditisme intolérables et injustifiables (*me-
dia dixunt*), mais en réalité, pour y combattre un mouvement d'insurrection d'inspiration nationaliste...

Rappelé pour une période (six mois, un an ?) sous les
drapeaux après avoir effectué, deux ou trois ans plus tôt,
mon service militaire légal de dix-huit mois, je partage
sur ce point précis les sentiments et opinions de la majo-
rité des appelés, ou rappelés, du contingent, tous grades
confondus, à savoir qu'une telle guerre est inefficace et
illégitime (une *sale guerre* dans la bouche de certains,
n'exagérons pas), mais surtout qu'elle perturbe le cours
normal de leur vie familiale et sans doute déjà professionnelle.

-C'est vrai, *on* serait mieux chez nous, dis-je au chauffeur au terme de cette réflexion approfondie…

Il en paraît rasséréné, mais pas plus loquace pour autant. Nous reprenons notre muette cohabitation motori-
sée. Ce bref échange verbal m'ouvre cependant la voie à
un large éventail de supputations et déductions. Mon statut d'officier non professionnel présuppose par exemple
des études universitaires, achevées ou non... Une fiancée

m'attend peut-être en France ? ou déjà une épouse (mais pas d'enfants, les pères de famille devant être exemptés de cette mobilisation) ? M'attend sans doute aussi un emploi de niveau *cadre* dans l'Industrie, la Banque, les Assurances ou le Commerce, et pourquoi pas dans la Fonction publique...? Plus que ma situation actuelle sous les drapeaux m'importe en tout cas mon affectation civile, car elle conditionne mon avenir à long terme. Selon toutes probabilités, une carrière professionnelle m'est assurée à vie, avec des promotions prioritaires et quelques avantages fiscaux au titre d'Ancien Combattant. Sur ce point précis, le "Petit Mémento social et fiscal" que je découvre dans un repli de mon cerveau, m'informe que le statut d'ancien combattant (A.C.), aussi peu mérité qu'il soit, m'offre à plus long terme, entre autres avantages non négligeables, celui de pouvoir prendre ma retraite *à taux plein* plus tôt que l'âge légal (soixante ans) et, plus tardif encore mais non moins appréciable, de disposer d'une *demi-part* supplémentaire dans la déclaration de mes revenus passé soixante-quinze ans ! Je n'en suis pas là...

S'ouvre devant moi, à perte de vue ou presque, une vie tout à fait viable, sinon enviable, moins "cahotante" en tous cas que la piste actuelle empruntée par notre colonne militaire... Mais quelle idée de me projeter si loin dans le futur, alors que mon assise présente à l'avant du camion est si réduite, si peu confortable, voire aléatoire en cas d'embuscade "rebelle", et que le passé auquel je m'adosse est encore si peu consistant ?! J'aimerais en savoir plus à *mon* sujet... Tâcher d'abord d'identifier *ma* tête dans le rétroviseur central, mais sans trop insister, car ma curiosité, si elle se prolongeait, pourrait sembler *curieuse* au chauffeur même : un trait de coquetterie pour le moins déplacé en milieu militaire, surtout en pleine opération, lorsque la poussière des pistes enduit vos traits d'un poudrage uniforme... J'aimerais surtout connaître mes nom, prénoms, adresse en France (?), niveau d'études, profession dans le civil, accessoirement le nom de l'unité militaire à laquelle je suis affecté, la région d'Algérie où nous sommes engagés, le temps de service déjà accompli, celui qui me reste à faire, etc., etc.? Curiosité tout à fait légitime de ta part, mais qu'il te faut pour l'heure réfréner.

Puis-je en effet décemment poser au chauffeur (ou à quiconque dans la colonne) des questions dont je suis censé connaître les réponses mieux que personne ? Palpant le devant de ma vareuse, j'y devine une chose épaisse et souple qui pourrait être un portefeuille. Objet de petite taille, mais dotation de base de tout représentant d'*Homo socius* ici-bas... Sous forme de lettres, photos, papiers d'identité, permis divers, des tonnes de précisions utiles à mon sujet ?

-Patience, patience ! tu consulteras cela plus tard, en toute discrétion, au bivouac, ou de retour au cantonnement.

Je savoure par avance le plaisir de pouvoir, cette nuit même, ou demain matin, assembler et combiner les diverses pièces du puzzle de ma réalité biographique. De toute façon, l'on ne voit plus grand chose à l'intérieur de la cabine ; dans ces régions méridionales la nuit tombe vite...

Pour une raison quelconque, notre colonne s'est arrêtée tous feux éteints dans la nuit algérienne. Seuls quelques bouts incandescents de cigarette percent les ténèbres épaisses. Certains d'entre nous ont mis pied à terre pour se dégourdir les jambes. La plupart roupillent dans les camions. Muni d'une discrète lampe de poche, je pensais m'éloigner un peu de notre véhicule et pouvoir jeter un premier coup d'œil aux documents *à mon sujet* qu'est censé contenir mon portefeuille, quand, dans le noir, une silhouette s'est approchée de moi et m'a interpellé :

-Tu as une cigarette ?

Je palpe ma veste de treillis à tout hasard, y trouve un paquet de cigarettes et le lui tends. À la lueur de l'allumette, je découvre un jeune sous-lieutenant (un seul galon, moi j'en ai deux), dont le visage, tout bien considéré, ne me dit pas grand-chose, mais à qui ma personne est visiblement familière, puisqu'il me tutoie. Si en effet je m'en tiens aux usages et au règlement militaires fraîchement divulgués par ma matière grise, un sous-lieutenant à un seul galon ne tutoie un lieutenant à deux galons que s'ils ont "gardé les cochons ensemble", ce dont je n'ai pas souvenance.

-Alors, qu'est-ce qui se passe, tu as idée pourquoi ça bloque ?

Je n'en sais pas plus que lui. Machinalement, je sors une cigarette de *mon* paquet, la porte à mes lèvres, l'allume, en aspire une bouffée et l'inhale avec l'étonnante expertise d'un fumeur chevronné. Invétéré ? Gare au cancer !

Et soudain un premier moteur se remet en marche en tête de la colonne, puis un second. De moteur en moteur, la contagion est immédiate. Mon "ami" sous-lieutenant s'éloigne dans les ténèbres jusqu'à son véhicule.

-Hé Lucien, me lance-t-il en se retournant, n'oublie pas.

Lucien, Lucien...? bon à savoir. Mais *Lucien* qui...?

Reste à savoir. Et me souvenir de quoi…?

Nous voilà repartis. Nous roulons à présent dans une obscurité presque totale. Les seules lanternes autorisées à l'avant des camions n'éclairent qu'un moignon de piste, deux, trois mètres de terrain très accidenté. Difficile dans ces conditions d'anticiper bosses et creux. Le chauffeur agrippé des deux mains au volant encaisse mieux les à-coups que moi. Je me raidis comme je peux sur mon siège. Impossible en tout cas de me laisser aller à quelque somnolence, car une seconde de relâchement au niveau de mon corps et mon crâne aussitôt vient heurter le toit de tôle de la cabine !

Pour maintenir son véhicule dans l'axe du convoi, le chauffeur se fie aux feux de position arrière du véhicule qui le précède, deux braises dansantes dans la nuit la plus noire. Je crois bon d'associer ma vigilance à la sienne. La mouche du coche ? Par la lunette arrière de la cabine, on devine le magma confus de nos soldats (une douzaine), avec armes et matériel, entassés, enchâssés dans leur gangue de ténèbres épaisses, d'où pointe de ci, de là le bout incandescent d'une cigarette… Quel privilège pour le chauffeur et moi d'être assis à l'avant, dans l'habitacle semi-fermé de la cabine, éclairés par les quelques lueurs que le tableau de bord projettent sur nos personnes. L'image de nos deux lucidités progressant accolées, à petite vitesse, dans la nuit des temps, me vient à l'esprit ; une double bulle précaire, à la merci d'un choc, d'une incision accidentelle ? Pas grand chose en tous cas en regard des infinitudes spatiales et temporelles qui nous cernent de toutes parts et de très près. Je n'ose plus fermer l'œil…

Ma pensée, quant à elle, se permet quelques vagabondages extra-physiques. La présente situation lui paraît illustrer de façon parfaite ce que peut objectivement représenter la vie d'un être singulier en quelque point de son curriculum. Quelle qu'en soit la clarté apparente (celle du plein soleil, par exemple, au zénith d'un jour d'été, ou celle d'une loupiote lors d'un déplacement nocturne), le tronçon de vécu qu'emprunte et embrasse de façon effective chaque conscience individuelle dans l'instant présent se ramène à bien peu de chose au bout du compte ! La longue traîne de vécu passé dont ma mémoire cherche à se prévaloir n'a rien de tangible, n'est jamais que l'effet de mon imagination (rétrospective), et le futur que j'anticipe ne va guère au-delà de mon vécu actuel : un capot de voiture… Mais une question bien plus *primale* interrompt tout à coup le cours de mes sinueuses réflexions :

-Pourquoi cette petite lueur de vécu dans l'infinie nuit des temps ? Pourquoi pas plutôt le noir absolu, l'invécu le plus total ?

Ma pensée me signale qu'une telle question est vieille comme le monde, qu'un dénommé Leibniz par exemple, vers le dix-huitième siècle, l'a formulée en des termes un peu plus philosophiques quand même : « Pourquoi quelque chose et non pas plutôt rien ? ». Question première de la Philosophie première…

Mais revenons à quelque chose de plus *trivial*. À défaut de pouvoir dilater ma bulle d'être personnelle dans la réalité immédiate et médiate, et consulter les pièces à conviction *à mon sujet*, pourquoi ne pas tenter des incursions imaginaires dans les hypothétiques annexes biographiques qui, en avant et en arrière de mon vécu actuel, le prolongent ? Histoire de passer le temps ? Voyons voir...

Une fois *rendu* à la vie civile, *mon* lieutenant se verrait volontiers dans la peau (le costume) d'un jeune ou futur : *avocat, ingénieur, enseignant, médecin* ? (rayer les mentions inutiles). En fait, je ne vois pas grand chose ; l'image reste instable, imprécise et se trouve même brouillée quelques secondes par un habit de prêtre ! Mais, plutôt qu'un costume-cravate de cadre en titre, pourquoi pas la simple blouse (ou salopette) d'un *ouvrier, artisan, paysan,* ou la modeste mais correcte tenue d'un *employé,* ou encore celle déguenillée d'un *artiste* ou d'un *vagabond* ? Mon esprit n'est guère en peine de m'apporter à ce sujet (*mon* sujet) une réponse catégorique : un *état* civil subalterne ne saurait correspondre aux diplômes secondaires, voire universitaires, que suppose mon grade d'officier...

Mais que *faire* alors des indéniables affinités et aptitudes que je me sens au bout des doigts pour le travail du bois ? ne correspondent-elles pas à des métiers tangibles comme menuisier, charpentier, ou ébéniste ? Or, il semblerait (?) que ces professions de manuels qualifiés correspondent majoritairement, sur le plan militaire, à des grades de sous-officiers tout au plus. Synthèse et explication possible : le statut "cadre" dont je jouis dans la vie civile (officier dans la vie militaire) va de pair avec un penchant marqué et des aptitudes certaines pour le bricolage. Un peu trop fines mes mains pour être uniquement "manuelles" ? Je me sens par ailleurs l'âme artiste, créateur ou exécutant...? Combinant alors mon sens artistique avec mon goût du bois, je me vois pratiquer, mieux que le métier d'ébéniste, celui de *luthier,* il fallait y penser ! Fabriquer des violons, une vocation ancienne chez moi, peut-être héréditaire ?

-Mais pourquoi pas tout bêtement des mains d'inactif ? me suggère malicieusement ma pensée.

Derrière mes apparentes "qualifications" je me découvre en effet un goût assez marqué pour l'oisiveté, une propension native au farniente, à la musardise. Etc...

Ces supputations gratuites (il faut bien passer le temps et ce qui me passe par la tête m'en fournit les moyens) ont pour effet d'aiguiser un peu plus ma curiosité, d'aviver mon impatience. Il me tarde de pouvoir consulter les indiscutables données que recèle vraisemblablement mon portefeuille, ainsi que d'autres documents laissés sans doute dans mon paquetage au cantonnement, parmi lesquels, plus que probablement, des lettres de *ma* fidèle (?) compagne... À quoi ressemble-t-*elle* ?

Sans chercher bien loin, je la vois plutôt blonde. Me revient en mémoire l'image d'une jeune personne du nom de Virginia dont, tout jeune enfant, les "boucles d'or" suscitaient mon ravissement. À en croire le rétroviseur, je suis de type plutôt latin ; en tant que brun, le type "blonde-aux-yeux-bleus" constitue mon pendant féminin naturel, car, comme la plupart des mâles de mon espèce, je suis génétiquement programmé à rechercher autant que faire se peut l'accouplement reproducteur avec un phénotype femelle à l'opposé du mien. Métissage oblige...

En ce domaine toutefois, il faut rester prudent et éclectique : ma compagne pourrait être sans inconvénient brune ou rousse, ou simplement d'un châtain indécis ; pourvu qu'elle soit raisonnablement jolie. Fermant les yeux, j'aimerais *la* voir surgir du fond de ma mémoire (?)... À défaut, je tente de me *la* figurer, d'imaginer *ses* traits en faisant jouer lignes et volumes sur ma rétine, un peu à la façon dont on compose un portrait-robot dans les officines de police ? Mais rien de *réellement* concret ne se dessine dans l'aire visuelle de mon cortex, sinon plusieurs visages de stars, qui, si l'on examine d'un peu plus près les choses, ne sont probablement que des réminiscences cinématographiques inscrites depuis toujours (?) dans mon cerveau à titre de viatique culturel de base : Lana Turner, Rita Hayworth, Michèle Morgan, Heddy Lamar, Jocelyne Gaël... ? Et dire que j'ai là, sous la main, à l'intérieur de mon blouson, la réponse adéquate à toutes ces énigmes ! À moins que... ? D'où me vient cette idée préconçue d'*une* compagne attitrée ? Pourquoi pas *plusieurs* relations féminines à la fois, ou à la suite, jeunes ou moins jeunes, de types physiques variés...? D'après l'air de jeunesse que me confirme le rétroviseur, ma vie d'adulte ne fait que commencer ; et malgré la coupe rase de cheveux que m'inflige le rappel sous les drapeaux, je me trouve plutôt "pas mal" ; nulle conjugalité durable ne s'impose donc a priori à mon vécu sentimental...

De fait, sondant plus profondément mon cœur et mes reins, je me découvre l'étoffe solide d'un célibataire endurci et un penchant amoureux beaucoup plus polygame que monogame. L'idée d'une compagne et a fortiori d'une fiancée m'attendant au pays ne tient donc pas la route ; les cahots qu'encaisse notre camion la disloquent et dispersent bientôt aux quatre coins de la nuit algérienne ; ce n'était qu'une idée toute faite. Mais d'où et comment m'est-elle venue ? Si (comme je semble le souhaiter et le craindre à la fois) ma vie professionnelle se trouve déjà en grande partie tracée, me mettant à l'abri des besoins matériels et des aléas conjoncturels, mieux vaut alors, pour l'intérêt de ma biographie, que mon curriculum sentimental aille dans un autre voie, plus vagabonde, qu'il comporte des incertitudes, de nombreuses ramifications en pointillé, des surprises bonnes et mauvaises, pour tout dire des *aventures*...

À propos de *pays*, de quelle région de France suis-je donc originaire ou du moins résident principal ? Parisienne, lyonnaise, ou bordelaise, voire bretonne, bourguignonne, alsacienne ?... Aucune n'a pour l'instant ma préférence, mais je peux faire état, d'ores et déjà, d'une certaine prévention à l'encontre des plats départements miniers du Nord de la France, pourtant riches en beautés blondes...

-Et si rien de tout cela n'était encore fixé ? intervient soudain ma pensée. Si rien de ce que tu crois être ta ligne de vie n'était encore tracé, ni ton identité, ni le contexte familial et social où tu as grandi et évolué jusqu'ici ? si les supposés pièces et documents relatifs à ta personne étaient pour l'heure vierges de toutes données...?

Drôle d'idées. Consécutives à une secousse un peu plus forte du camion sur un "dos d'âne", elles ébranlent tout de même sérieusement ma matière grise : formulaires en blanc, les papiers que je prévois de consulter ne se couvriront d'informations réelles qu'en temps utile, c'est-à-dire à l'instant où mon regard se posera sur eux et en fonction des données que mon esprit voudra bien y projeter à ce moment-là ? Rien ne serait écrit d'avance, ni d'après ? Ma vie, aussi bien future que passée, ne comporterait d'autres traces que celles qu'y veulent y laisser, chemin faisant, mes facultés mentales, au premier rang desquelles, bien sûr, mon imagination...?

Mon cortex me signale avoir lu quelque chose comme ça quelque part : cette hypothèse est de fait grossièrement dérivée de la théorie quantique, selon laquelle l'observation influe sur le système observé. De prime abord farfe-lue, elle s'avère en certaines circonstances critiques, non dénuée de force persuasive. Elle est, d'un point de vue strictement subjectif, *irréfutable* !

Mais alors, quelle terrible responsabilité je prends ici maintenant en laissant ma pensée divaguer un peu n'im-porte comment *à mon sujet* ! Comment faire fonctionner mes facultés mentales au mieux de mes intérêts biogra-phiques ? Ai-je une maîtrise suffisante de ce qui me vient à l'esprit...? À moins que - autre hypothèse qui glace d'ef-froi mes neurones cérébraux - à moins que ce ne soit exactement l'inverse : quand j'ouvrirai mon portefeuille, n'apparaîtront sur le papier, c'est-à-dire *en réalité*, que des données auxquelles je n'ai jamais pensé...? Autrement dit : tout ce que j'envisage avec faveur ici-maintenant est exclu par avance des possibilités qui, tôt ou tard, vont s'offrir à moi et constituer dès lors les indélébiles ru-briques de mon curriculum familial et social, présent, passé et à venir !

De toute évidence et à juste raison, le Possible n'aime guère se voir dicter les modalités de sa réalisation. Il est dans la nature même du Réel de chercher à déjouer et contrarier toutes les tentatives prévisionnistes, indivi-duelles et collectives, perpétrées à son encontre ! J'ai donc tout intérêt à stopper net, ici-maintenant, mes re-constitutions et pérégrinations imaginaires (mais peut-être est-il déjà trop tard), ou alors astreindre ma pensée à envisager le pire ? Je ferais mieux de m'endormir...

-Ménard !
Malgré l'étroitesse de la piste, et des ténèbres de plus en plus épaisses, un petit véhicule est remonté jusqu'à hau-

teur du nôtre par la droite : une *jeep* (célèbre véhicule US), occupée par un capitaine - trois galons -, un opérateur radio à l'arrière, avec son matériel de transmission, et, bien sûr, le chauffeur à l'avant, le tout faiblement éclairé, comme nous le sommes dans notre 6x6, par les seuls cadrans du tableau de bord.

-Eh, *Mesnard* ! me lance *mon* supérieur, vous serrez de trop près le véhicule qui vous précède. Vous roupillez ou quoi ? Veillez à garder vos distances !

Ménard, Mesnard, Lucien Maynard... ? Toujours bon à savoir.

Le chauffeur et moi progressons dans la nuit des temps... La double bulle de nos vécus individuels est unifiée par l'éclairage ambiant minimal de la cabine. Nos deux images flottent et dansent de façon synchrone (un semblant de complicité ?), au gré des cahots de la piste, sur fond de nuit, dans la réflexion du pare-brise (où je me trouve une plutôt bonne tête, moins ordinaire que je n'avais d'abord craint)... L'*on* avance pratiquement à l'aveugle. L'*on* ne voit pas le terrain à plus de deux mètres en avant du capot, et moins encore par la lunette arrière ou les rétroviseurs... L'*on* n'est pas sans savoir (suite à de précédentes opérations effectuées dans le même secteur ?) que la piste empruntée par notre convoi se trouve coupée un peu plus loin par des *oueds* à sec en cette saison, au creux desquels il va falloir descendre s'ils sont peu profonds, et s'ils le sont trop, qu'il faudra franchir, non sans danger, sur des ponts de fortune dénués de parapets, de simples *tabliers* à peine plus larges que les camions ! Un pont de cette espèce est à prévoir au prochain kilomètre. Il importe d'en bien cadrer l'entrée et, chose plus difficile, de l'aborder rigoureusement dans l'axe, les trois paires de roues du 6x6 parfaitement alignées. Sinon...

Le chauffeur se tient plaqué à son volant, front collé au pare-brise ; son regard au ras du capot surveille, à gauche, le défilement du pont dans le faible halo des veilleuses. De mon côté, le buste à demi penché au dehors, je surveille le parallélisme ondoyant du bord de l'aile droite du véhicule avec l'arête du tablier, tel un fil de rasoir au-dessus du vide ! Que ces deux lignes courant en sens contraire à deux-trois centimètres l'une de l'autre viennent à s'écarter sous mes yeux d'un demi-mètre pendant quelques secondes et c'est le basculement inévitable côté chauffeur. Qu'elles se chevauchent et se confondent quelques instant et c'est le basculement de mon côté !

Le 6x6 s'est retourné littéralement comme une crêpe, retombant sur le dos dans le lit mou de l'oued. Pas de gros dégâts matériels et peu de pertes humaines à déplorer. À l'arrière, les soldats somnolents (une douzaine) se sont réveillés têtes en bas protégés par leurs casques, et par les ridelles dressées du camion, ainsi que par leurs fusils qu'ils tenaient ferme et droit entre leurs jambes. Dans la cabine, le chauffeur en fut quitte pour une grosse bosse en haut du crâne. Le jeune chef de section en revanche, le lieutenant rappelé Lucien Ménard*, a eu la gorge traversée, la carotide tranchée par l'antenne de radio extérieure du véhicule. Il occupait la place du mort.*

*

116

IV

Et un jour je mourus. Un *beau* jour... Il avait plu toute la nuit, mais au petit matin le soleil brillait ; un beau soleil, éblouissant ! Ma roue avant a dérapé sur la chaussée fumante, mon scooter s'est couché sur le côté, et ma tête est venue frapper le rebord du trottoir...

-Excès de vitesse, ont déclaré certains témoins. Il n'avait pas son casque. Il slalomait entre les véhicules. Il faisait l'acrobate, comme font souvent les jeunes aujourd'hui sur leurs deux roues, etc...

-Pas du tout ! Pas du tout ! selon d'autres témoins. Ce n'est pas sa faute (hormis l'absence de casque et la vitesse un peu excessive), mais la faute d'un chat..., un chat rentrant chez lui - comme font souvent les chats vers ces heures-là, après une nuit de vagabondage amoureux... Le matou a traversé la rue des Chambards à l'improviste et déboulé à moins d'un mètre de la roue avant du scooter du jeune homme, qui, voulant l'éviter, a fait une embardée et dérapé sur la chaussée glissante, etc...

Pas un chat selon moi, pas un chat à ma connaissance dans mon champ de vision juste avant qu'il ne vole en éclats : un grand éclair plutôt, fulgurant, aveuglant, un rayon de soleil reflété et focalisé sur moi avec la brutalité du laser par une vitre, ou une flaque d'eau...! À moins que mon cerveau, perturbé par la soudaineté de l'évènement, ait mal interprété la chose, qu'il ait pris l'effet pour la cause et perçu rétrospectivement deux fulgurations là où il n'y eut, en réalité, qu'une seule grande étincelle (et non pas "trente-six chandelles" comme on le dit parfois par hyperbole) ; un éclair zébrant tout le ciel et consumant d'un coup toits et façades, asphalte, gens et voitures, occultant le soleil lui-même, ne laissant subsister bientôt autour de moi qu'un abîme de plus en plus sombre où je sombrais, sombrais...

L'on s'est précipité sur moi. Certains m'ont pris à bras-le-corps pour stopper ma chute intérieure, espérant me faire *revenir* à moi, c'est-à-dire à eux, me ramener à leur bord, à la surface tangible de ce monde-ci. L'un d'eux a même ouvert mon blouson, soulevé mon pull-over, écarté ma chemise, retroussé mon maillot de corps et s'est mis à fouiller au plus profond de ma personne d'un geste professionnel pour voir exactement *où* j'en étais.

-Alors, Docteur ?

Auscultation faite, l'homme de l'art s'est redressé, son stéthoscope pendouillant comme un vain ornement autour de son cou ; puis sa main s'est démobilisée en un signe d'impuissance et de regret sincère :

-Il n'est plus !

Diagnostic sans appel, médicalement je ne *suis* plus..., plus dans ma peau, plus des leurs, plus au monde, plus nulle part...

Mais alors, pourquoi tout ce monde ? Accourus rapidement de partout, *ils* forment autour de mon absence un cercle compact et fasciné. De ma vie je n'ai attiré autant de monde, exercé sur eux un tel pouvoir... J'impose à la ronde, sinon le silence total, du moins un ton général chuchoteur et respectueux ; je commande à tous mimiques et mines de circonstances, fronts plissés, regards graves et mentons hocheurs ; j'empêche les rieurs de rire, les plaisantins de plaisanter, j'ôte même un instant aux bailleurs matinaux l'envie de bailler... Et s'il était scientifiquement prouvé qu'un baiser sur la bouche peut me ramener à la vie, nul doute que la jolie jeune-fille aux yeux gris-bleu et cheveux d'or, aux jambes fines et un peu tremblantes, plantée au premier rang de l'assistance, devrait s'exécuter, c'est-à-dire pencher sa tête vers moi, jusqu'à mes lèvres et y déposer ce baiser salvateur ! Une jeune fille comme j'en ai rêvée toute ma vie. Ma courte vie, à peine vingt ans ; pas même le temps de connaître un amour en bonne et due forme, ni même une vie sexuelle digne de ce nom... D'autant plus rageante cette rupture brutale du fil de ma vie que l'autre rêve, qui l'a hantée (et orientée) jusqu'ici, vient juste de se réaliser : l'acquisition d'un scooter. Grâce aux sacrifices de ma mère et au petit boulot saisonnier de coursier que j'ai décroché au début de l'été chez Wyssmer Frères, j'étais enfin motorisé.

-Un si jeune homme. Toute la vie devant lui...

-Où est-*il* ? *Où* est-il ? Où *est*-il…? demande la femme.

Un cercle de silence lui désigne l'endroit, et s'ouvre un peu pour qu'*elle* puisse voir : ce tas d'habits froissés, souillés, défaits, cette paire de souliers disjointe, et cette tête aux yeux vides, à l'expression butée, nuque en appui sur ce foulard rouge-sang qui n'a cessé de s'étendre, mais qui déjà coagule. *Elle* en reste interdite, bien droite, sans voix ni larmes, ne pouvant se faire à l'idée que son fils n'est plus. Moi non plus...

———————